图书在版编目（C I P）数据

我愿做你低处的阳光 / 《读者》（校园版）编辑部编. -- 兰州 ：甘肃文化出版社，2022.11（2023.11 重印）
ISBN 978-7-5490-2547-3

Ⅰ. ①我… Ⅱ. ①读… Ⅲ. ①散文集－中国－当代 Ⅳ. ① I267

中国版本图书馆CIP数据核字(2022)第151484号

我愿做你低处的阳光
WOYUAN ZUONI DICHU DEYANGGUANG
《读者》(校园版)编辑部 | 编

总 策 划 | 宁 恢
策划编辑 | 赵 静 周 丹 周广挥
责任编辑 | 何荣昌
装帧设计 | VIOLET

出版发行 | 甘肃文化出版社
网 址 | http://www.gswenhua.cn
投稿邮箱 | gswenhuapress@163.com
地 址 | 兰州市城关区曹家巷 1 号 | 730030（邮编）

营销中心 | 贾 莉 王 俊
电 话 | 0931-2131306

印 刷 | 炫彩（天津）印刷有限责任公司
开 本 | 787 毫米 ×1092 毫米 1/32
字 数 | 200 千
印 张 | 7.625
插 页 | 4
版 次 | 2022 年 11 月第 1 版
印 次 | 2023 年 11 月第 2 次
书 号 | ISBN 978-7-5490-2547-3
定 价 | 38.00 元

目录

我长大一点儿，妈妈就要向后撤退一点儿。

我的爱，也需要一个宽广的跑道。

爷爷变成了猫

张寒寺

1

奶奶是我的第一个病人。

高三暑假的时候，跟以往所有假期一样，我到乡下和老人们一起生活。临行时父亲特别叮嘱我多陪奶奶说说话，不仅因为这很可能是我在家乡度过的最后一个假期，更因为一个月前，爷爷去世了。

因为快考试了，爷爷的事情父母一直瞒着我。后来父亲告诉我，奶奶对爷爷的离世似乎无法接受，她不跟任何人讲话，也没有掉过眼泪，大家都担心她精神出问题。所以考试一结束，父亲就把我送上了回乡下的长途客车。

“奶奶最喜欢你，只有你能让她的心情好起来。”他是这样说的。

奶奶住的村子在山里，家在村公路的背后。我叫了一声，没有人应，推了推门，门没锁。走进去就是堆满柴火的厨房，奶奶正坐在灶台旁边的椅子上，抚摸着趴在她膝盖上的条纹土猫。

“奶奶。”我喊道。

奶奶抬起头，看见是我，这才有了笑容。她举起那只猫，晃晃它的爪子，然后对我说：“喵——”

2

奶奶没有疯，这是她自己告诉我的，就在我吸溜一大碗面条的时候。

“我是在学这只猫说话。”奶奶一边把她碗里的面条挑给我一边说。

“够了，够了，我吃不下那么多。”我架住她的筷子，“为什么要学猫说话？”

“这只猫是你爷爷变的！你爷爷过世的那天，他前脚刚走，这猫后脚就跑我们家来啦，也不晓得打哪儿来的，来了就不肯走，天天跟在我后面。”

我搁下筷子：“只是巧合而已。”

“哪有这么巧？”奶奶起身把猫抱过来，指着它的眼睛。

“你看嘛，它的眼睛是大小眼，左边这个眼皮耷拉下来，显小，跟你爷爷的一样。还有，”她又掰开它的嘴巴——猫用后腿蹬了几下奶奶的手，“你爷爷左边犬牙断了半截，你看它的牙齿。”

果然，猫的嘴里也长着一颗断牙，大概因为它很不擅长吃鱼骨头吧。

爷爷是个沉默寡言的人，父亲说他一辈子从没闲下来过。爷爷这样的人，死后怎么会变成生性懒散的家猫呢，就算真像奶奶说的那样，也是变成老黄牛更合理吧？

“反正我是不信。”

“年轻人爱信不信。”

奶奶把剩了小半碗的面条放到地上，那只猫“嗖”的一声蹿了过去，头几乎要栽进碗里。它自然不会像人一样吸面条，所以把面条一口一口咬断，吃起来挺费劲。

“没出息，猫竟然喜欢吃面条。”

“我说了嘛，它就是你爷爷变的，你爷爷也喜欢吃我煮的面条。”

3

奶奶家的房子很大，我现在就躺在自己房间的床上，心烦意乱地用手机浏览新闻。乡下网速很慢，半天都刷不出一个网页，就在我心急得几乎要把手机扔出去的时候，窗外传来了猫的叫声。

奶奶的房间在上风向，以前夜里起风的时候，他们房间里的声音就会传过来。两个人的对话内容并不丰富，大部分都穿插在看电视的间隙。

奶奶偶尔会问一句“这个人叫啥”，爷爷如果没睡着的话还会嘲讽一句：“你都看这么久了还不知道那个人是坏的啊？”但更多的时候，爷爷都会早早地开始打瞌睡。如果是夏天，我会听见奶奶拨弄蚊香的声音；要是冬天，她会慢悠悠地说上一句：“你看你，又不盖好被子。”

所以，这个时候听到奶奶和那只猫对话，我就忍不住猜测她和它究竟在说什么，还是在讨论无聊的电视剧吗？不知道猫“咕噜咕噜”

起来会不会比爷爷的鼾声还要响。

在奶奶家的休闲并没有太多选择。后来，我迷上了钓鱼。门口的池塘里有爷爷养的鱼，到了年底，钓上来这家送几条，那家送几条，年年如此。

等我置办好全套装备，爷爷说“看来过年的时候大家要少吃一点了”，奶奶则说“我们平时可以多吃点也很好”。

可惜我钓鱼的水平实在是臭，收钩不是太快就是太慢，爷爷和奶奶的预言都没能实现。倒是爷爷很满意我满地挖蚯蚓帮他喂鱼。

4

现在，就只能钓鱼了。我，奶奶，还有那只猫，都坐在池塘边。奶奶看着猫，猫看着我，我看着浮漂，浮漂一动不动，所以我们都一动不动。

“你看这猫，喜欢看你钓鱼，你爷爷也喜欢看。”奶奶说。

“它是喜欢吃鱼，不是喜欢看钓鱼。”

“那你爷爷也喜欢吃鱼嘛。”

我笑了起来：“哪有猫不喜欢吃鱼的？”

猫嘀咕了一声。

“它说什么？”

“它说你怎么还没钓到，肚子都等饿了。”

我瞥了猫一眼——那对大小眼正冷冷地盯着我，眼神跟它的鼻尖一样冰凉，似乎在说：“你们在这儿吵肯定钓不到啊。”

“那好，不吵了。我们回屋去，你钓到了晚上就有酸菜鱼吃。”

奶奶抱起猫往回走，走到半途突然叫我名字。我回头看过去，她正站在那棵李子树下。

“李子又结出来了，你回来的时候带一兜啊。”

“哦。”

李子树是爷爷种的，他自己不爱吃，但奶奶喜欢。一到夏天，屋里就听得到奶奶“噗嚓噗嚓”吃李子的声音。

李子树越长越大，踮起脚摘不到李子了，奶奶就让爷爷爬上树去摘。她站在底下，掀起炒菜的围裙，两个人一个扔一个接，爷爷摘一会儿就要问“够了不”，奶奶就说“不够，再来点”。如此反复好几轮，奶奶才肯罢休。我随奶奶，也喜欢吃李子，所以我跟奶奶的配合就不行，要是我在上面扔，扔不了几个就要自己吃上半天。

奶奶指着菜板：“你这条鱼，切了比这堆李子还小。”

“你把鱼头都给猫了，是显小啊。”

“你爷爷喜欢吃鱼头你又不是不知道。”

那只猫正在角落里啃鱼头，嘴里发出“呜呜”的声音，生怕有人跟它抢。

“爷爷吃鱼不会那样叫唤。”

奶奶走到猫身旁，弯下腰对着它说：“喵——喵——”

猫立刻安静了下来。

“咋样，我就说这是你爷爷吧？”

我摇摇头，把渔具放回门背后，然后才给出评价：“这都是巧合。”

5

经过整个暑假，猫已经完全介入了奶奶的生活，并且似乎以此为傲。到了中午，它就坐在猪圈的围栏上，冲奶奶“喵喵”叫。

“你爷爷也经常催我喂猪，比闹钟还准时。”

多半是因为猪肚子饿的时候会“哼哼”，猫受不了那种声音才抗议的吧。不过我已经懒得反驳奶奶了，她说什么就是什么吧。

偶尔我也会调侃着问奶奶猫语学得怎么样了，能不能跟猫无障碍地交流。奶奶眉毛一挑：“那怎么可能，我跟你爷爷生活了一辈子，说话都磕磕绊绊，他变成猫就更难交流了嘛。”

“你爷爷啊，就是拉不下脸，跟自己人都不好意思，什么都要我帮他说。”每次跟我讲到这些事，奶奶都会当着爷爷的面说这句话，坐在一边的爷爷也不搭理她，看都不看我们一眼。

那个时候我就觉得，花了一辈子的时间，爷爷和奶奶早就合为一体，离开任何一个，他们都是不完整的。

6

暑假结束的时候，父亲来乡下接我，顺便接奶奶到城里跟我们一起生活，奶奶不同意。

“现在有电话，有事我会找你们的。”奶奶几乎像哄小孩一样把父亲赶走了。

后来，我在医学院读大二的时候，有一天接到父亲的电话，说奶奶去世了。

我的第一反应是问他："那猫呢？"

"什么猫？"

"奶奶家不是有只猫吗？"

"没有吧，没看到啊。"

"噢，那可能自己跑掉了吧。"

我们再也没见过那只猫。我也不再去考证它到底是不是爷爷变的。可能，奶奶也变成了一只猫，说不定也跟着它跑掉了。

我只是很遗憾，遗憾自己曾把奶奶当作病人，把她的表现看作非正常的情绪。并不是的，我想。她跟猫说话既不是精神问题，也不是心理问题，只是因为，唯一能走进她心里、与她精神相系的人，不在了。

充满父爱的天气预报

林　夕

父亲是山东人，爱听吕剧，一边听一边摇晃着头哼唱。十几年前，因为吉林省的电台不怎么播吕剧，他就专门买了一台收录两用机。可他还没来得及买磁带，我们就弄了盘邓丽君的磁带，父亲听了，大叫："难听死了！关掉！"我们只好在他不在家的时候听。后来他终于买到一盘戏曲磁带，他一听，我们也叫："难听死了！"叫归叫，却不敢关掉，谁也不想挨他一巴掌。因为我和哥哥、妹妹特别不爱听，后来这盘磁带倒多了一项功能：每天早晨喊我们起床。

小时候母亲千方百计哄我睡觉，父亲说我睡的时间还没哄的时间长。后来长大上学，我像换了一个人似的，贪睡，所以早晨叫我起床是一件很不容易的事。父亲母亲轮番叫，掀被子、打屁股，每天早晨上演一次。

有一天，我正在甜美的睡梦中，忽然听见一声唱腔，如雷贯耳，吓得我以为有坏人。睁眼一看，是录音机在吼，气得我大喊："把录音机关了！"父亲说："你快起来，你起来我就给你换邓丽君。"不堪忍受耳朵和心灵的双重痛苦，别无选择，我只好起来。父亲遵守诺言，我一起床，他真的换上了他最烦的邓丽君。

这样每天早晨六点起床，我一边听歌，一边梳洗、吃饭，但只能听到六点二十分，因为父亲要听《天气预报》。确切地说是父亲让母亲听，这个时间他要看报。本来听歌听得正入迷，却突然要换《天气预报》，我心里很来气。依我看，天气无非就几种：阴或晴，下雨或不下雨。我们家又没有从事户外工作的，听不听有什么两样？但是父亲说了算，他负责换成收音机听《天气预报》，他本人继续读报。我猜他从来没听过，每次都是母亲嘱咐我们多穿衣服或少穿衣服，带伞或不带伞。

后来我去省城读大学，也就是那年，家里添了一台彩色电视机。我放假回家，没事就看电视、听歌。本来正在欣赏毛阿敏的演唱，父亲一看表说："快换吉林台，听《天气预报》。"我说："刚才你不是看了白山台的吗？知道本市的天气就行了，管别的地方干什么？"父亲听了不言语。母亲在一旁说："就是，她都从长春回来了，这个月不用看了。"我看看母亲，母亲说："你走了以后，你爸每天都看《天气预报》，看了白山台的再看吉林台的。"我不知道是父亲亲自看还是打开让母亲看，不过都一样，我在长春，离家这么远，他们知道长春有雨又能怎么样，还不是白操心！

四年后我大学毕业，被分配到滨城大连工作，离报到还有半个月时间，我就先回了一趟家。每天仍是泡在电视机前。有一天晚上看完中央电视台的《新闻联播》，我要换吉林台看《音乐欣赏》，父亲说等会儿，看看《天气预报》。我心里想，父亲又上了一级台阶，开始看中央电视台的《天气预报》了。他一边看，一边自言自语："大连是海洋性气候，可能比我们这儿雨天多。”我听了心里一动，认真看了看电视上的气象图，“鸡脖子”底下的那一小块就是大连，再过些天，我就要奔向这座对我来说十分陌生的城市了。

走的时候，父亲要去送我。除了四年前我第一次离家他送过我，之后我每次来来去去他看上去都不太在意，可这一次，父亲似乎有些异样。我悄悄问母亲，母亲说：“你爸昨天晚上几乎一宿没睡，他说以前你每次走总觉得你很快就会回来，这回可是真的走了。”我说：“爸爸不是总说毕业后让我走得远远的，留在家里没出息吗？”母亲瞪了我一眼：“那是他嘴硬，他心里是想你留在身边的。”

到了火车站，父亲让我坐在候车室里等着，他去买票，一会儿他回来把票给我，让我放好，别弄丢了。父亲看看表，想起什么，说：“你在这儿别动，我一会儿就来。”过了一会儿，人群涌动起来，要检票了，可还不见父亲的身影，我急得向四周张望，终于看见父亲从人缝中向我移动。等他挤过来，我看见他身上的白衬衫湿了一大片，手里拿了把蓝底白花折叠伞。我说：“我有伞，你买它干什么？”父亲说：“两把伞，一把放在单位，一把放在宿舍，你不听《天气预报》也没关系了。”

火车开动了，父亲一直站在站台上，直到车走远。我很想他转身离开，好让我看看他的背影，但始终没看到。许多年来，我一直为我读过的那篇著名散文《背影》里的父亲感动，他那风中的白发、蹒跚的步履、微驼的背影，这些突显衰老的标志每一样都让我感动。这些在我父亲身上一样也没有，但我依然感到父亲在衰老，他是从性格上衰老的，他变得越来越琐碎了。他学会当我们在家的时候不听他的山东吕剧了，他也学会当我们不在家的时候听《天气预报》了。

那次离家以后，我也开始看《天气预报》了，因为有两把伞，下不下雨对我已不重要，但我还是会在每晚《新闻联播》后收看中央台的《天气预报》，我知道此时父母一定守在电视机旁，和我“共同”收看《天气预报》。尽管这里不会预报我故乡小城的天气，但这又有什么关系呢？

姚小姐，你咋这么能干呢

郑华蓉

闺密送来腌过并风干的大头菜，嫩且脆，炒来吃觉得暴殄天物，不如做酱菜，保存时间更长。

做酱菜的癖好，来自老祖母的言传身教。我的老祖母，方圆十里的乡亲都爱称她“姚小姐”。

庭院里，常听到这样的对话：“姚小姐，那个酱菜到底要放多少盐，帮我把个关呀，上次我做的酱苦瓜齁咸齁咸的……”说这话的邻居，已六十有余，应声的姚小姐呢，更是到了古稀之年。一问一答，有人间的甜蜜，也有岁月的沧桑。

小时候的饭桌上，总少不了姚小姐做的酱菜。特别是放学回到家，第一件事就是打开碗柜，盛半碗剩饭，搛几块酱菜，坐在门槛上，远眺那一望无际的庄稼，“呼哧呼哧”，吃得那样心满意足。

做酱菜是一把好手的姚小姐，做起糊涂来，也绝不含糊。糊涂，是我们这儿的方言，泛指糊状的食品。

春天，要赶紧迎着节气做豆渣菜薹糊涂。那个豆渣，是隆冬时节炒熟后密封在坛子里发酵好的豆渣，如饱经沧桑的中年男子；那个菜薹，是仲春时节顶着密密麻麻的青春痘还开几朵小黄花的嫩菜薹，如二八少女。

秋天，当仁不让的是南瓜糊涂。南瓜糊涂最好吃的当然是贴着锅的那层焦黄的锅巴。每当热气腾腾的南瓜糊涂出锅时，姚小姐总是把那焦黄的锅巴留给引颈期盼的我。如今，那份糯甜，仍在舌尖萦绕，令人念念不忘。

姚小姐不仅酱菜、糊涂做得好，还把房前屋后打理得如花园般爽目。

房前，是姚小姐种的花，指甲花、美人蕉、木槿花是她的最爱。姚小姐说，有了指甲花，蛇就不敢来了，指甲花上的露水落在蛇身上，蛇的皮肤容易烂。现在想来，应该没啥科学根据，但是，不仅姚小姐深信不疑，当时的我们也深信不疑。美人蕉，红艳艳的，姚小姐说看着喜气，心里亮堂。木槿花，花朵硕大，色彩斑斓，朝开暮落，姚小姐还说，人的一生就像这花开一样短暂，所以，短暂的一辈子，要自己逗自己开心。

屋后，是成片的树，这些树，在春天叶苞鲜嫩时，经姚小姐的一双巧手，眨眼工夫就变成美食：香椿芽拌豆腐、蒜蓉炒榆钱、炸嫩花椒叶、枸杞叶炒嫩竹笋……

屋后还有一条河，自北向南，横贯百里洲。饭后，姚小姐到河边清洗蒸饭的筲箕时，爱把筲箕沉在水底，美鳑鲏、萌棒花、麻嫩子嗅到饭香就成群结队游来，稍等片刻，提起筲箕，哈哈，就有活蹦乱跳的几十条。回到家，收拾干净，盐渍后，裹上面粉，过滚油，起锅，哇，又是一道美味。那时的我总是惊叹：姚小姐咋这么能干呢？

姚小姐 74 岁那年，无疾而终，距今 7 年有余。

在这个尘世间，可能我是为数不多的几个还知道其名字的人，那满头白发的姚小姐有个特别吉祥的名字——姚明福，眼里有光，心田有福。

也许是耳濡目染，如今的我，好像姚小姐的翻版，爱做酱菜，爱做糊涂，因为那里面，有思，有念。

爱是克制，不是控制

高三rainbow 口述 郈格格 撰写

一口气看完了《隐秘的角落》。向来不会为了电视剧情节落泪的我，竟然因为看到朱朝阳的妈妈逼朱朝阳喝牛奶而哭起来。

这是一个很隐秘的泪点。也许是因为剧中情节让我想起无数个曾经被父母的爱逼到角落无处遁逃的瞬间。

从小我的生活在别人眼里就是很幸福、很安稳的。早上书包里永远有热豆浆，头上永远有不重样的发卡，校服领口永远洁净，放学永远不会跟那群所谓的坏小孩儿出去撒野……

“不是谁家都像咱家这样快乐、和睦，你是没有见过那些天天吵架的家庭。”我妈颇为自豪地告诉我，“也不是谁家的小孩儿都像我女儿这样听话，妈妈太幸运了，能有你这么好的女儿。”

快乐、和睦，回忆起童年总该是美好的。可是我的记忆似乎总和他们的描述有出入。忘了喝豆浆，怕放学回家后被妈妈骂，最后只好把已经结块的豆浆喝掉；发卡清一色是妈妈挑选的，我如果拒绝就会被说成一个耍小脾气的女孩；妈妈洗衣服的时候总会搬出那套我不知道她做家务有多辛苦的言论；放学如果晚回家就等同于走上邪路，和同学约好出去玩儿也会被担心是结交了不三不四的朋友……

“不是妈妈管得太多，是你还太小，世界观还没建立起来，多少孩子就是因为家长没管好走偏了。你看 ××，他家自由，什么都由着他，现在成了什么样，等你长大就懂了。”

她总是语重心长，气场却不给别人留有质疑和反驳的余地。因此，我也没有勇气问我的世界观同我戴什么样的发卡究竟有什么关系。

我妈最擅长说教，晓之以理，动之以情，引经据典，又结合生活实例，是上好的议论文。在她永远不败的道理面前，我不敢做任何出格的事，日复一日过着我中规中矩的人生。

只有一次例外，同学孟孟过生日，邀请我去她家一起吃饭。

“等我回家问问我妈。”我这样回答。

“啊？还得你妈同意啊？”

那时我已经初三了。和他们能够一起约打球、约逛街、约看书的周末不同，我的周末几乎总是宅在家里，坐在书桌前学习、看书、发呆。

“出去玩一玩？”妈妈偶尔会问我。然而那时我已经开始学会听话外音，甚至渐渐成了一种病：他们稍微表达出一点儿异样的语气，我都要反省是不是自己做错了什么事情；他们任何一句提问，我都要仔细揣摩。

所以我总是回答：“不啦，下午想看书呢。”

“嗯，我女儿就是懂事。”

就像压抑很久的心情突然被引爆，因为孟孟的那一句话，我立刻同意了："好，那我周六去给你过生日。"

不出意外，回家跟父母说起这件事，即使我的语气很小心，换来的仍然是他们骤然改变的脸色。

"妈妈不是不让你出去玩，但是你得告诉爸爸、妈妈。"

"那我现在告诉你们啦！"

"你知道她爸爸、妈妈都是做什么的？怎么去，怎么回来？妈妈不放心啊。你跟人家还不熟，以后不能这么随随便便就答应去别人家。既然你已经答应了，爸爸、妈妈不能拦着你，不然好像我们让你不守信用似的……以后不能这样了。她家在哪儿？你什么时候去？我跟你一起去。"

孟孟开门看到我和我妈的那一刻，我和她显然都很窘迫。她家里已经到了几位同学，我们站在门口，她迷惑地看看我，我无助地看着她，倒是我妈好像丝毫没有觉察到自己的出现有多突兀。她就在旁边站着，得体地笑着，用哄小孩儿般的语气祝孟孟生日快乐。

我终究没有留下来参加生日聚会，谎称我妈要带我出门，撂下礼物便落荒而逃。

"你是不是觉得妈妈的关心多余了？"出了门，我妈略带嗔怒地问我。

那天很热，热得我忍眼泪忍得很辛苦。

可我已经变成很懂事的小孩儿，于是过了很久，我说："没有啊。"

高中和朋友聊到小孩子，我说我特别喜欢酷酷的小姑娘，如果以后我有女儿，我就送她去学架子鼓、学街舞，做又美又酷的小姑娘，肯定比我有个性。随后又被自己这种想法吓了一跳——我这样信誓旦旦，有没有想过我未来的女儿愿不愿意呢？我为她勾勒的样子，与其说是她的未来，不如说是我没能实现的人生吧。

我常常在深夜里埋怨他们不是很好的父母。这样看来，我或许和他们也没什么不同。我不敢养小孩儿了，我怕我没法成为合格的父母。

高考前，爸妈一本正经地承诺，今后我是一个大人了，应该掌控自己的生活。我真的以为等我跨过 18 岁就自由了。

然而就在昨天准备出门逛街的时候，我妈突然很失望很委屈地看着我说："你这套衣服不是很符合你的风格，妈妈一直希望你是小公主。我觉得你不适合这样的衣服。"

于是我换下宽松的短袖和短裤，穿回了裙子。

"这多好看啊！哪有小姑娘成天穿得邋里邋遢的？我都不好意思和你一起出门。"

高考结束了，我 18 岁，仍然没有穿衣自由。他们太懂得如何将一个人的自信摧毁得片甲不留，用他们的爱将我一点点塑造成他们期待的模样，稍有偏差便会被纠正回来。

饭局上聊到孩子的话题，他们必定会当着别人的面数落我胆小没主见，自己不会做事。我 18 年的人生里，一直是爸妈一把抱起我走路，不给我自己走的机会，现在又一把扔下我，问我怎么不会自己走。

可是他们忘了，他们并没有教我走路的过程啊！

曾照彩云归

莉莉吴

1

2011年7月，母亲陪我一起，将课桌搬到了山坡上的高三部。傍晚时分，天空红得仿佛燃起了一场大火，而橘色的晚霞则是落在我们身上滚烫的尘屑。

“没事儿的时候，你多往窗外看看，对眼睛好。”临走时，母亲如此叮嘱我。而我一声不吭，只将拳头攥得死紧，以此表达心底的不满：这是最为艰苦卓绝的高三，我怎么会有“没事儿”的时候？

早上6点钟起床，做早操，读英语，然后以最快的速度吞下一个包子，把前一天不会做的题全部标红，赶在老师进教室前去办公室问清楚……教学楼前挂着大红横幅：“今天不流汗，明日便流泪。”我不想流泪，便只能将自己的每一秒用学习计划塞满，好像如此就能换来一个不那么单薄的未来。

我当时很喜欢一句话：“生活是苦难的，我又划着我的断桨出发了。”

而母亲对我经历的苦难一无所知。彼时，她正在一家生鲜店里当采购，每天凌晨 3 点起床进货，留给我的，只有门锁重合的“咔嗒”声，短促而轻微，像一个蓬松的吻；等我下晚自习回家时，她早已睡着，长长短短的鼾声与笔尖在试卷上的摩擦声相互应和，蚕食了浓厚、黏稠的夜——

我们有那样深刻的血缘关系，甚至，我来自她，可我们仍然是孤独的，只能在各自的人生中沉默对望。

高三第一次模拟考，我只考了 400 多分，排名在年级 500 名之外，与理想的大学相差十万八千里。卷子发下来的时候，窗外晚霞漫天，彩云仿若翻涌的春潮，而我不知怎的，忽然想起《悟空传》中的一句话：“你不觉得晚霞很美吗？我只有看看这个，才能每天坚持向西走下去。”

可是啊，彩云易散，而人仍要继续前行，哪怕一片漆黑，哪怕不知方向。

2

学校食堂的饭菜实在难以下咽，因此，我每天中午都会回家吃午饭，之后午睡。

仔细算来，那应当是一天中我与母亲唯一清醒相对的时刻，然而，我们之间的关系并没有因此而变得温情脉脉，相反是一片狼藉。那时，我正因为焦虑而频繁失眠，夜里翻来覆去地睡不着，只能睁着干涩的眼睛看天花板，想象整个城市的疲惫正在我的头顶跳舞，有粉红色的鸽子扑棱着翅膀飞起，灰尘像星光一样铺满地面……直到昏昏沉沉入睡，却连梦里都有红红蓝蓝的试卷，不会做的题目像野兽一样扑过来，以至我连醒来都是惊惶的。

久而久之，我的脾气变得暴躁，让人难以琢磨，我无法容忍哪怕一丝噪音的存在，连筷子碰撞瓷碗碗口的声音都被我视作挑衅，继而与母亲爆发激烈的争吵。后来，母亲把家里所有的餐具都换成了塑料的，并且在我午睡时，沉默地在沙发上枯坐半个小时，仿佛在完成一场艰苦卓绝的修行。

可是，这无法安抚我。次年6月的高考像一把高悬于头顶的达摩克利斯之剑，剑一日未落下，我的灵魂便一日不得安宁。所以，我常常一个人跑到天台上看晚霞，直到火从天上烧到心里，变成一场久治不愈的高烧，才揉着眼睛下楼，将卷子翻到另一面，像是翻过了一座险峰。

高三上半学期便在我反复的自我怀疑中结束了。整个寒假，我都裹着羽绒服待在家里发呆，阴郁、乖戾、不说话，也不联系任何人，后来，母亲担心我出事，说："我们出去转转吧。"

上大学的时候我重读史铁生的文章，读到他因为残疾不愿意出门那一段，他的母亲也是这般想劝不敢劝的样子，说："我推你出去看看吧。"我当即心头一动，竟生出百般心酸来。那一天，我被母亲硬拉着出门办年货，途中，她看见其他人在用手机拍照，便也要给我拍一张。我拗不过，只能冷着脸让她拍，好不容易拍完，就听见她一个人在那儿絮叨："你看你多漂亮啊。"

可是，那称得上漂亮吗？照片上的我，身材臃肿，肤色暗黄，脸被帽子挤成了正方形，两眼无神，眼袋肿大，说是怪兽也不为过，怎么好意思用“漂亮”形容？换成现在，我肯定会明白这是母亲善意的宽慰，但是当时的我几乎被自卑折磨得失了心智，只能大吼着发泄自己的情绪：“你有病啊！我说了我不拍的！”

最后，两个人不欢而散。我独自蹲在街上大哭，想母亲临走前抹眼泪的动作，想她同我说的话：“你别这样，考不上大学就算了，我们只要你好好的……”

3

高三下半学期，学校举行了百日誓师大会。

教学楼前拉了大红色的励志横幅，校长站在升旗台上激情澎湃，学生们站在台下，心脏因为“未来”“荣耀”之类的字眼儿而迫切地聒噪起来。每个人都热情高涨，每个人都心潮澎湃，唯独我，抬头看着浮云掠过天空，心想，我不要勉强自己了。

一直以来，人们给高考赋予了各种神圣的光环，仿佛只要高考失败，人生便走向了无可挽回的败局。可是，那只是一场考试而已，无论失败与否，它都不足以决定我的人生。

正如余光中所言：“你不是谁，你是一切。你是侏儒中的侏儒，至小中的至小。但你是一切。如果你保持清醒，而且屹立得够久。你是空无，你是一切。”

高考那天，我照例回家午睡。迷糊间醒来，看到母亲举着杆子，在粘窗外树上的蝉。夏天的树葱葱郁郁，像一捧碧色的玉，而她赤着脚，身体微微前倾，手上握着纤长的竹竿，像一个一往无前的战士，在挥舞手上的军旗。

那一刻，我终于明白自己一直以来的荒谬，我总以为高考是我一个人的战役，其实不是的，我经历的那些挣扎与痛苦，都在母亲那里翻了倍，成了她的劫难。而她沉默地忍耐着，任凭汗水自额头滴落，落在地上，蒸腾上升，变成笼罩在我头顶的一朵云，一朵彩色的云。

可是，母亲不是易散的彩云，她是当空的明月，“当时明月在，曾照彩云归”。

高考成绩公布那天，母亲仍在店里工作，一个人蹲在地上，将卖相不佳的蔬菜一一挑拣出来，放进“促销”的篮子里。我飞奔进去，告诉她我的分数足以上一所重点大学，她随口应了一声，然后抬起手，用袖子挡住了眼睛。

在收藏中，触摸时光印记

王月冰

昂贵的旧玩具

儿子上小学时，一次偶然的机会，我带他参加了一场艺术品拍卖会。拍卖会上，一辆老旧的铁皮玩具汽车居然拍出了6万多元的价格，这令儿子惊讶不已，追问我为什么旧东西会这么值钱，为什么会有那么多人收藏旧物件。看着儿子充满求知欲的眼神，我决定和他一起寻找答案。

我和儿子一起查资料，了解到那辆铁皮玩具车是20世纪二三十年代生产的。当时，上海一家制罐厂生产罐头盒后剩下很多边角余料，生产者舍不得扔，于是做了铁皮玩具。

这个故事温暖、充满童心，又展示出我国劳动人民勤俭节约的品质和独具匠心的智慧。因为特殊的工艺以及鲜明的时代印记，这些铁皮玩具成了收藏者心中的“神物”。

原来旧物件背后还有这么多有趣的故事。其实，人们收藏的不仅是物件，更是某种精神和美好的情感。从那以后，儿子便对收藏产生了兴趣。

我开始关注拍卖会信息，一有机会就带儿子参加；我还和儿子一起拜访能够联系上的收藏者，听他们讲收藏的故事；我们还去博物馆参观，来一场与旧时光的邂逅……在这个过程中，我们获得了许多意想不到的惊喜。

有一次，我带儿子拜访一位陶俑收藏家。陶俑栩栩如生，儿子看得入迷。我趁机引导儿子仔细观察，从陶俑身上寻找古人生活的信息，并思考古人为什么要精心烧制这些陶俑。儿子仔细观察后，向我们描述了古人的发式、衣服等，至于古人为什么要烧制陶俑，他搞不明白。回到家后，儿子上网搜索，才知道陶俑最初是殉葬用品。后来，我们又通过观看纪录片和查阅相关书籍，了解殉葬制度的发展和衰退，从中看出我国文明的进步。

一只宣德炉要讲述什么

为了研究收藏，我们以一个知识点为中心，将知识面不断拓宽。在不断的探索中，我们对古代的人和物越来越着迷。此外，我们还有一个小收获——儿子之前只看动画片，我多次引导他看纪录片他都不愿意，没想到现在，通过收藏他迷上了看纪录片。他说，原来世界不仅广阔，而且神奇。

有一次我们参加拍卖会，一只宣德炉被一再举牌竞价，儿子惊叹道：“这只炉子怎么这么贵呢？”

我引导他去看明代宣德炉的相关资料。据史料介绍，明宣德三年

（1428年），皇帝下旨铸炼铜炉。为保证铜炉质量，铜料得精炼6遍，炼一遍耗费一些原料，6遍下来原料只会剩下一半。工匠害怕宣德皇帝治罪，可宣德皇帝的精品意识极强，他当即下旨，决定精炼的次数不仅不减，还要再增加，并加入金、银等金属。这样下来，一只香炉要用金、银、铜等几十种贵金属，经历12次冶炼才烧制而成。

有研究者认为，明代宣德炉的诞生，揭开了中国制铜史的新篇章。

了解了宣德炉的历史，欣赏了大量宣德炉的图片之后，儿子感受到古代工匠对工艺完美、苛刻的要求，领悟到对待任何事都要精益求精。这时候，儿子的学校正好征集校徽创意，我对儿子说，如果你拿出古人生产宣德炉的那股劲儿，设计出来的作品肯定会很棒。

儿子认真设计初稿，在网上学习、借鉴别人的经验，多次改稿，自己满意之后才交上作品。儿子的作品最后被选中，还获得了特等奖。

一只古代的香炉之所以流传后世，被人们欣赏和传承，是因为它身上闪现着人类的智慧之光、思想魅力以及美好品质与精神。我希望儿子能领会到这些。

收藏给成长带来惊喜

儿子说他也要收藏东西，可是收藏什么好呢？儿子很诚恳地去请教我们认识的那些收藏家。他们说，童年时光就是最好的收藏品，要想自己的藏品精美，就要善待自己的时光，留下美好的回忆。如果一定要收藏具体物品，像玩具、球鞋、书籍等都可以。

后来儿子对收藏票根产生了兴趣，包括交通工具、景点、演唱会、话剧等各类票据的票根。他联系同学和经常在国内外出差的亲戚，请求他们把交通工具等各类票据的票根送给他。去年，他还在网上换了一张“2020 年欧洲杯”比赛门票的票根。这个收集票根的过程，大大地考验并提升了他的交际能力，帮助他拓宽视野，他也因此结交了不少朋友。

几年下来，儿子收集了几百张来自全球各地的各类票根，这些票根上的文字、景点、设计等信息让他很感兴趣，闲时他会把它们分门别类，然后通过上面的信息了解当地的景点、风俗等。

儿子把自己的收藏经历写成文章，没想到在一次市报举办的征文比赛中得了奖，颁奖嘉宾里有一位古籍收藏家，他很喜欢我儿子的这股执着劲儿，邀请儿子去他的收藏室参观。那是由两套三居室打通的房子，里面摆满了书柜，书柜里全是古籍，整整齐齐，排列有序。

儿子立刻上心了，问：“您这打扫、管理、维护都要花不少精力吧，我以后能不能义务给您帮忙呢？”得到允许后，儿子隔几个月就去帮一次忙，在这个过程中也获益良多。

收藏，促使孩子懂得珍惜，尊重时光，努力探究和学习，让他的成长充满惊喜。

爱，不需要太多的语言

冬　平

1

在某一期《少年说》节目中，高二男生张晨曦上台向自己的父母道歉。

因为自己两年前曾离家出走，害得父母担心，到处找他。

回忆起当时的场景，他为自己曾经的叛逆，真诚而郑重地跟父母说了一声“对不起”。

本以为父母会为儿子的懂事而感到欣慰，毕竟一个青春期的孩子，能反思自己的成长，感恩父母的不易，鼓足勇气当众道歉，实属难能可贵。

父亲的回应却出人意料：“成绩还是最主要的，你打篮球的时间应该控制一下。”

儿子在道歉，父母却在提要求。

张晨曦站在那里，从他抖动的双手可以看出他内心的痛苦和纠结，他说出了自己的心声：

“我每次打球，并没有打一下午，也就两三个小时。

“打球是我整个学生阶段最快乐的时光。打球都是跟同学们在一起，大家有说有笑。

“你们知道我在家里和学校有多压抑吗？

“每次我最期待的就是体育课。

“回家写完作业，待在家里我什么也不做。

“我能出去打球，现在你们还让我再……”

张晨曦已经哽咽得无法继续说下去，但最后他还是向父母保证：

“我知道学习最重要，打篮球的时间我会缩减，我也会管好自己，再也不会让你们担心了。”

儿子看似妥协了，实则内心充满了委屈。

这样拧巴的场景其实在许多家庭中都不陌生。

孩子：“我穿这件夹克帅不帅？”

爸爸：“你作业做完了吗？”

孩子：“我想去看演唱会。”

妈妈：“这次期中考试成绩退步了，我还没说你呢。”

孩子：“今天篮球比赛我进了 5 个球，给我们队立了大功呢。”

爸爸：“你要能把这心思全都用到学习上，我就阿弥陀佛了。”

孩子在说 A，你在说学习；孩子在说 B，你还在说学习。

当学习成了父母唯一的关注点，亲子之间的交流就是鸡同鸭讲，孩子感受不到父母对自己的关爱，只是觉得在被父母的种种要求所裹挟。

于是孩子干脆向父母关上心门，甚至反抗父母。

2

其实，对青春期的孩子而言，同伴关系逐渐占据重要地位。

拥有一样兴趣爱好对他们来说也至关重要。

运动对十几岁的孩子来说是必需品，尤其是精力充沛的男孩子，通过运动可以把身体内的能量释放掉，把过剩的精力发泄掉。

由于荷尔蒙的影响，青春期孩子的情绪起伏也比较大。

经过一周的学校学习，孩子积累了许多负面情绪，而通过运动，尤其是通过打篮球这种大体量运动，孩子的情绪也会得到释放。

张晨曦和同学一起打球，既满足了与同伴交往的需要，也满足了身体运动的需要。对他而言这么重要的一件事，在父母那里，却成为耽误学习的事情。孩子和父母的沟通之难可见一斑。

在电视剧《小别离》中，方朵朵的妈妈答应她英语考到 85 分就可以去古北水镇玩，结果成绩下来，她考了 84.5 分。妈妈认为差 0.5 分，没达到要求，所以方朵朵还是不能去想去的地方。

当爸爸跟方朵朵谈到要尊重父母的时候，她掏出试卷，“啪”的一声甩在桌子上，心中压抑很久的情绪终于爆发了：

“现在你们满意了吧！要我尊重你们，请你们告诉我，你们除了尊重分数，还会尊重什么？我在你们眼里，就是个分数机器。”

方朵朵写小说意外被妈妈发现，妈妈大为光火，认为她把宝贵的学习时间都用来干这些乱七八糟的事情，甚至还翻出她参加歌迷会的旧账。这让方朵朵觉得受到了伤害：“你们眼里，除了成绩还有什么？”然后直接把父母推出了自己的卧室。

写小说是方朵朵学习之外最大的乐趣，她可以在文字中抒发心情，可是这唯一的爱好也被妈妈否决了，剥夺了。

她失去了课余时间，也失去了学习之外的美好时光。

孩子的爱好，不管是打篮球还是写小说，在父母眼里都变成了阻碍学习的“拦路虎”。

某报纸曾做过一项调查，结果表明，在受访的中学生中，有超过90%的人不愿意跟父母说心里话。

为什么青春期的孩子不愿意跟父母说心里话呢？

因为父母只看到孩子分数的变化，而看不到孩子的情绪波动和心理变化；父母只是单方面地给孩子提要求，而没有想过坐下来和孩子平等地探讨问题。

大人们应该扪心自问：你愿意把心里话说给什么人听呢？肯定是一个愿意倾听和理解你，并且最好能够懂你的人，而不是一个整天对你百般挑剔，只是对你提要求，不在乎你的想法和感受的人。

对青春期的孩子来说，父母的不理解，成了彼此沟通时最大的障碍。

3

记得多年前看过的电影《大河恋》中，主人公保罗去世后，做牧师的父亲在教堂说的那段话很让人动容：“那些最亲近我们的人通常是我们最捉摸不透的，但是我们仍然可以爱他，我们可以全心全意地去爱我们不了解的人。”

亲人之间也有疏离的时候。不管两个人有多么亲密，一个人也不能完全理解另一个人。

对于青春期的孩子，即使有时候理解他们不是那么容易，但如果父母有想要理解的意愿，也可以在生活中创造更多的机会和孩子交流。

比如和孩子一起参加某项活动，全家一起去旅行，等等。在这个过程中，父母可以和孩子打破交流的桎梏，加深情感联系。

若是孩子去参加球赛，你做好司机和啦啦队队员，去观赛，去为他加油，就是对他最大的支持。

若是孩子为赢得比赛而兴奋，你可以跟他来一个热情的击掌以示庆祝；若是他因输了比赛而懊恼，你可以轻拍他的肩头表示安慰。

这就是家人的意义。

对青春期的孩子来说，爱不需要你用太多的语言来表达，但要让孩子感受到爱和支持。

一个朋友回忆，自己高中时期忙于复习功课时，母亲总是轻轻地放一杯牛奶在她的桌子上，然后悄悄地走出去，她抬头看到的常常是母亲的背影。

时至今日，她的母亲已经过世，她每次想到母亲的背影，都会流泪。

多一点关爱，少一点要求；多一点理解，少一点指责；多一点柔软，少一点强硬。

父母可以力争成为孩子成长的加油站，而不要让拧巴的亲子关系成为少年的成长之痛。

纸短情长父子昨日书

徐英波

一代人有一代人的交流方式。对成长在互联网时代的“00后”来说，他们鲜有机会体验木心笔下的“车，马，邮件都慢”的生活。即时通信软件如此方便快捷，收到一封手写书信已变得十分“奢侈”。然而，对中国人民大学附属小学六年级学生肖和来说，写信在他的日常生活中不可或缺。他在入学伊始就与爸爸通信，近6年时间父子往返家书220封……

初心：一个承诺走过6个寒暑

“当时我去拿信，周围的同学都看着我，他们觉得很新鲜，我感觉很骄傲。”肖和至今还记得在学校收到爸爸第一封来信时的情景，这也是他第一次收到邮局投递的家书。

“爸爸与老一辈学人交往，保持了‘见字如面’的传统。他征求我的意见：‘跟老爸一起写信怎么样？’”肖和说，“听到这儿，我没有半点儿犹豫，只说了一个‘好’字。从此，我和爸爸之间的书信往来就开始了。”

6年过去了，肖和也渐渐地明白了爸爸的用意：打牢传统文化根基的途径无非是“多读、多背、多写”，而写信是其中一种方法。

“‘肖和先生’……”肖和还记得，爸爸在写给他的第一封信中这样称呼他。

“那年我才7岁。”肖和说，“我回的第一封信不长，加上标点才110个字。我问了爸爸一些问题，比如，我的名字和北京奥运会的‘和’有什么关系……还有，因为当时在学书法，信中还夹杂了几个刚学会的繁体字。”

“与七八岁的孩子通信，当然会一波三折……”说起这些，肖和的爸爸感慨万千，“刚与儿子通信时，为了突出书信文化的‘仪式感’，我特意到琉璃厂荣宝斋选购木版水印信笺，每次写信前打好底稿，然后用毛笔一笔一画誊抄到信笺上。从称谓、落款到时间都一丝不苟。肖和耳濡目染，渐渐熟悉了。这时，我抬高了门槛，对写信内容、字数都提出要求。然而，肖和提出抗议，甚至将‘肖和敬上’写成‘肖和敬下’。抗议归抗议，他的家书却越写越有味道。”

“我手写我心，写信要表达真情实感。”肖和的爸爸再三提醒儿子，最严厉的一次还逼着肖和重写。

“被爸爸、姐姐批评，例子太长，看不懂。重写一封信，这封留作纪念和反面教材……”看到儿子肖和挨批评后写下的“补记”，肖和的爸爸特别欣慰，感觉几年的努力终于看到了成果。

如今，双休日成了父子约定的通信日。如无特殊情况，每周一中午肖和的爸爸必到邮局寄挂号信。随后，他也会收到肖和的回信。

6年中，即使出差、休假、旅游也不曾间断。2020年一年父子往返家书就多达64封。

肖和还是孩子，当然喜欢玩游戏。对此，他的爸爸时常提醒："电子设备总在更新换代，而写信作为原始的通信方式，自有它的生命力和价值。我们在这个时代更应该珍视老祖宗给我们留下的传统。"

共鸣：家书增进了父子之间的感情

庚子岁杪，肖和受爸爸的委托点校家书，他从字里行间感受到自己的思想变化和成长进步，不时发出开心的笑声。

肖和牢记爸爸的嘱咐："凡事要过脑子，大胆怀疑，独立思考。"他不时向爸爸提出这样那样的问题。"昨天看电影《狮子王》，看到木法沙死去，不知你这个做父亲的有何感想？看到辛巴在逆境中成长，你又有何感想？"肖和爸爸感慨地说："童言无忌，儿子的提问总能给我带来思考，在某些方面他甚至可以当我的老师了。"

肖和说："信是一种很特别的方式，可以传递话语无法表达的意思。多年的通信悄无声息地增进了我跟老爸的感情。"

肖和说："2017年暑假，我们去浙江旅游，爸爸'出尔反尔'，让我带着诗文集，我写信与'不负责任的老爸'据理力争，并将这封信抄录参加'全国青少年家书写作暨家书征集活动'，还获得了青少年组优秀奖。爸爸也抄录回信参赛，获得了成人组三等奖。我们父子的家书同时入藏中国人民大学家书博物馆。"

肖和喜欢随心所欲地表达自己的看法，甚至反驳爸爸的观点，觉得这样写信才有意思。爸爸劝他"远离沉迷游戏的同学"，还列举出名人的例子……父子之间的思想、情感，就这样通过书信一点一滴地交流融合。

约定：一直写到天荒地老

在2016年的最后一封信中，肖和写道："还有不到5天，2016年就过去了，我长了一岁，但岁月，还留着，在纸上。"

那时，肖和与爸爸刚刚通信一年多，彼时的他大概想不到家书会贯穿他的小学阶段，更想不到爸爸还会在他六年级上学期《成长手册》上留言提出长远计划："我们俩再坚持30年，将有1000多封家书，放在书柜里何其壮观！这样，老爸就可以用《庄子》中的'其作始也简，其将毕也必巨'为人生画句号了，何其幸哉！"

父子俩探讨过写家书有何收获的问题，觉得这种特殊的、传统的交流方式带给他们的意义，只可意会，不可言传。家书与柴米油盐酱醋茶无关，与分数的关系也不大，但这种看似"无用的装点"却颇似"农家肥"，在慢慢地滋养着什么。

肖和也与爸爸约定："一直写下去。"

现在，肖和正用心练小楷，他期待在不久的将来能够用毛笔在精美的信笺上写下给爸爸的信。许多年后，当肖和重新审视自己走过的路，或许会在鱼封雁帖中找到童年的回忆、青春的记忆——"岁月，还留着，在纸上"，在"父子昨日书"中。

遮掩不是保护

吴　垠

当 14 岁的女儿坐在我面前，一本正经地跟我说她想文身时，我一下子蒙了。一瞬间，脑子里有无数个问号闪过——她为什么要文身？是不是结交了不良的朋友？难道遇到了坏人，受到坏人的引诱甚至是胁迫？

我努力平复心情，让自己冷静下来，假装若无其事地问她："你为什么想文身啊？""因为很酷啊！"女儿兴奋地说，"上周咱们全家去逛公园，我看到一个姐姐的脚腕上文着一朵玫瑰花，很漂亮，而且看起来特别酷。"

女儿这么一说，我倒是想起来了。当时，女儿偷偷盯着人家的脚腕看了好半天，还跟我说想去问问人家是在哪里文的、疼不疼。

正想着，丈夫把我拉到一旁，悄声说："赶紧让闺女打消这个念头。她现在还小，对文身根本不了解，可不能由着她乱来。"我何尝不是这样想的？只是处于青春期的女儿已经露出了叛逆的端倪，很多时候，我越阻止她做什么，她越是要去做什么。这次似乎也不例外，看她一脸认真的样子以及坚决的口气，我就知道了。

该怎样说服女儿改变主意呢？我正苦恼之时，突然想到丈夫说的“女儿对文身根本不了解”，也许这会是一个突破口。既然她不了解，那就让她好好了解了解，也许全面了解之后，她就不会再感兴趣了。

我和丈夫找来很多关于文身的图书，还从网上下载了很多资料，其中不乏图片和视频。看到这些，女儿一开始很开心，看得兴致勃勃，但当她看到一些人全身文满了花花绿绿的图案时，厌恶地撇了撇嘴。尤其是看到一些文身做“清洗”后的图片时，女儿眼中流露出来的简直就是恐惧。

“很多年轻人为追求酷和刺激而选择了文身，在多元文化的包容下，倒也无可厚非。只是咱们的主流文化对文身还不太认可，而且很多行业对文身有着明确的限制。你确定要因为文身而影响你以后的选择吗？”我适时对女儿说。

女儿没有说话，似乎在默默地思考。看完所有的资料后，女儿笑着说：“算了，我不文身了。文身好像也没有想象中那么酷。”看得出来，做出这个决定后，女儿松了一口气。我和丈夫对视一眼，也松了一口气。

在孩子的成长过程中，很多父母可能都遇到过类似的情况。这时候，父母大可不必如遇洪水猛兽般慌张，忙着捂住孩子的眼睛。孩子看不见，不等于危险不存在。要知道，遮掩从来不是最好的保护。父母应该在孩子看到这些东西时，带领他们去深入了解，之后再告诉他们该如何面对。这，才是最好的保护。

她是我的钢铁兄弟

蔡雨轩

吃晚饭的时候，妈妈很高兴，因为她看到了班主任在微信群里表扬我月考成绩进步大。她说："真为你开心！"我很不屑于她的夸奖，这样差的成绩还得到表扬，只能说上次我考得实在是惨不忍睹。她却不这样想，她说："无论怎样都是进步了呀，在压力这么大的初三，那么难的题，那么高强度的学习，你还进步了就很厉害。大家都在努力奔跑，而你是跑得比较快的那个，我很开心呢。"

她说这些话的时候已经在刷碗了。我站在她身后，许久不知该说什么，只有揉乱了她刚做的头发，收拾一下我的心情，却突然发现她变得那么矮。不是说有 1.66 米吗？现在她却还不及我的肩膀高。我的眼眶热热的，非常不舒服。长大是一件让人很失落的事，此时此刻我很想拥抱她一下，又觉得自己矫情。

我今天的作文需要返工，班主任不满意我选的题材，他说："为什么不写写你的妈妈？"好吧，她的"别样"其实地球人都知道。

我有一个同学叫晓松，某次测验时，他妈妈对他说："我只要求你这次生物考70分，我敢打赌你们班没有一个妈妈会对孩子有这么低的要求！”结果被晓松一句“雨轩的妈妈”打了脸。

是的，妈妈对我的成绩好像从无要求。每一次考试后她也会问我：“你想不想告诉我你的成绩呀？”我有时候会说“不想”，她会说：“哼，一定是差得不敢给我看！”然后竟然就没有下文了。我尽量努力一些，少给她一些嘲笑我的机会，让她看热闹的心思不能得逞。

我还有一个同学叫娄永发，在开家长会时拦住她说：“阿姨，你知道蔡雨轩偷偷玩游戏吗？”她答：“知道啊，只是他没有偷偷地玩，是光明正大地玩，这没问题呀。”一向伶牙俐齿的娄永发瞪大了眼睛，牙齿打战，差点儿咬到自己的舌头，特别是听到她还会偷偷买游戏“皮肤”送给我，他更是摇头不已。他说：“阿姨，你这样会宠坏孩子的。”她说：“雨轩是宠不坏的。”

她把这当作趣事给我讲，她说：“我肯定是站在你这边的，我就是你的钢铁兄弟。所谓兄弟，就是没事时少唠叨，有事时两肋插刀。”这件事后，我玩游戏的时间大幅减少，不能跟好朋友们玩得酣畅淋漓，是有点遗憾，但是，她既然说我是宠不坏的孩子，那我就不能伤了“兄弟”的面子。

别人笔下的妈妈都是含辛茹苦、嘘寒问暖，给予孩子很多。她要上班，要写作，还要做家务，可是她从没有说过为了谁辛苦，她说这就是生活的意义。我要是敢说她有白头发，她就让我滚出18米远，而且皱纹并没有爬上她的脸，所以我也没有机会讴歌她的白发和皱纹。想到她的时候，我并不知道该如何歌颂她。

在很多年里，我从不担心家长会，从不担心成绩差，从不担心零花钱不够，从不担心无法出去玩耍……因为我想要的她都给了。而最近的这一年，我更多地开始想，我可以给她什么。她一定有很多未曾表达的期待，一定有很多面对我的成绩时自己消化掉的压力。她给我自由，给我爱，一直默默地陪伴我长大。

有一次，我听到她劝一位阿姨："为母则刚的最大意义，就是能随时搞定我们自己的情绪。"我忽然想到，她原本就是个柔弱的、被自己的父母和丈夫疼爱的女人，那些不得不坚强的部分其实是我给她的。在养育我的过程中，她有希望，但一定也有很多失望。

写到此时，我忽然觉得长大很好，因为长大就可以拥有力量，就可以学着像爸爸一样，给她想要的，伴她开心，护她周全。

谢谢你，妈妈，你就是我的钢铁兄弟！

孩子，愿你成为你自己

刘吴瑛

这段日子，小桃迷上了哲学书，尤其喜欢《苏菲的世界》，连读两遍不过瘾，还对一些篇章读了又读，常读常新。我也想看，无奈我看书堪称龟速，单是一本《月亮与六便士》，半个月了还没看完。

一个秋日午后，小桃调制了乌龙柚子茶，我们边喝边聊。

“妈妈，你知道我为啥爱看哲学书吗？”

“为啥？”

“想摆脱你对我的影响。”

一口茶水差点呛着，我大惊：“是不是妈妈做错了什么？”

“不是，妈妈，你对我的影响特别大，我的许多想法都来自你，但是，我不想成为另外一个你。”

这位高中生让我刮目相看：“你当然不能成为另外一个我，那有什么意思？”

“我想自己去思考，而不仅仅是照着妈妈说的去做。”

“好啊，好啊。”心中五味杂陈，我一时不知说什么好。

窗外红叶知深秋，一股欣慰又伤感的情绪在心底暗暗涌动。孩子的成长，怎么就让人猝不及防呢？从前像个“小年糕”黏着你，突然就不让你进她的房间了；从前总是互捧，她叫我“妈咪”，我叫她“宝贝”，如今总是互怼，她叫我“大姐”，我也叫她“大姐”；从前出门旅行“她跟我走”，如今“我跟她走”……

今年两次出行，所有的路线攻略，都由小桃负责。

五一去大连。我们去大连贝壳博物馆，游客不多，我们仿佛发现新大陆似的满心欢喜，鹦鹉螺、黄金宝贝、龙宫翁戎螺……每个“宝贝”都有颜值、有故事。下午在咖啡馆虚度时光，大连理工大学的 DUT1949 咖啡厅、海边猫的天空之城……原来，旅行可以如此轻松美好。

十一去天津。两个人去大悦城的骑鹅公社和 5 号车库，那些时尚有趣的个性潮铺和返璞归真的手作艺术街区，唤醒我久违的少女心。如果不是小桃张罗，我怎么也不会到这样的地方来。小桃打开一扇窗，让我看到了青春亮丽的风景。

我甚至可以想到，用不了多久，小桃将开始一个人的旅行。

去年寒假，小桃和朋友琳琳去北京学习半个月，那段时间我感觉心里空落落的，干什么都没兴趣。琳琳妈妈更严重，微信中都是自责：“我这个妈妈是不是太狠心了，应该陪着孩子一起去啊……”班主任在琳琳妈妈的微信朋友圈下面留言：“该放手时就放手，孩子大了，父母也要减少对孩子的依赖。”

在天津，我和小桃观赏解放桥开桥，只见灯光璀璨的一座桥，慢慢隆起，一分为二……我恍然，有的桥既可连通两岸，亦可打开自己。作为母亲，也理应如此啊。

我问小桃："孩子，你喜欢现在的自己吗？"

"妈妈，我好喜欢现在的自己。"小桃说着，竟然上前抱抱我。

我打算依然用龟速看我喜欢的小说，小桃，大可以畅游在她哲学的海洋里……愿我们永远有爱彼此牵系，愿你成为你自己，我亦成为我自己。

止不住笑声的人生历险

杨　照

我小时候看的《丁丁历险记》，跟你现在专心阅读的版本有很大不同。我看的版本不晓得是哪家印刷厂草率盗印的，没有彩色，很多地方的线条都是模糊的，还有，那些对白八成也是随便找人翻译的，谁晓得有几分可信。

你读《丁丁历险记》，一边读，一边笑，老实说这让我很纳闷。我怎么不记得丁丁有那么好笑？印象中，丁丁真的就是在不断地冒险，一次又一次地遇到奇怪紧张的状况，我也就跟着他紧张。里面有些插科打诨的段落，我都是快速翻阅过去的，因为急着看后面的情节发展。

然而，事隔三十几年，有一个经验贯穿在我们两代之间，没有改变。我当年在我妈妈的反对下，偷偷读《丁丁历险记》；你现在也在你妈妈的反对下，偷偷读《丁丁历险记》。我妈妈反对的理由——书上字太小看了会近视，漫画会让人沉迷而耽误功课；你妈妈反对的理由——书上字太小看了会近视，漫画会让人沉迷而耽误功课。

三十几年前，我的妈妈开服装店很忙，虽然她反对，但我很容易找到她管不到的时间偷看；三十几年后，我刻意帮你掩护，让你能够偷看。因为我记得自己从阅读《丁丁历险记》及其他书中得到了巨大乐趣，因为我晓得《丁丁历险记》真的让你很快乐，因为我实在想不出来你有什么了不起的正事会被阅读《丁丁历险记》耽误。

这几天，《丁丁历险记》成了你和我在家里的秘密。我们父女之间的秘密又多了一项。瞒着妈妈，我陪你练习妈妈和老师都认为太难而你喜爱得不得了的《肖邦钢琴协奏曲》；瞒着妈妈，放学后我带你到冰激凌店里，一边吃桑果雪酪一边做作业；瞒着妈妈，我帮你把每天早上喝不完的四分之一瓶牛奶喝掉，我还让你每晚上床后可以偷偷讲十分钟悄悄话才睡。

我宁可让这些事变成我们之间的秘密，却没有跟你妈妈争辩，你知道为什么吗？妈妈有妈妈的道理，她怕你吃了冰，鼻子会过敏；她相信一定要把握时机多喝牛奶赶快长高，不然就错过了生长期；她担心你太晚睡第二天上课没精神。我却有我的道理，我觉得人生只有一次童年，可以享受那么纯粹的快乐，宁可稍稍冒一点险，付出一点小代价，也不愿剥夺你享受快乐的权利。

都是为你好，却有不同的选择。人生就是这样，太多选择、太多考虑横在我们面前，没有绝对的标准答案，我们只能依照自己的选择，试着这边走走那边走走。每一个做父母的人，都会为子女安排、着想，但谁也没有把握自己的安排、着想就是对的，就是最好的可行途径。毕竟，人生的历险，还是得每个人自己去经历，父母是代替不了的。

真希望你的人生历险，会一直都有快乐天真、止不住的笑声。

参与我成长的开关键，你别轻易按下

任桉书

但凡有责任心的父亲，都会希望在儿女的成长试卷上留下一个可观的分数。而我爸爸有点独特，在我的成长试卷上，他只答完了学业部分的“选择题”“填空题”等，而关于踏入大学、社会后的“开放性问答题”，他却主动搁笔，不再作答。

最近和妈妈聊起8年前的高考往事。我说，如今回首那年高考，感觉那是我和爸爸父女关系的“开关键”。高考前一天，爸爸对我还是那般严厉，结果高考一结束，爸爸的态度瞬间“放飞”，再也没管束过我。

那个夏天，他没说任何理由，没做任何煽情演讲，就坚决、利落地退出了“教导者”的位置——一个他强势霸占了很多年的“导师”位置。退场之果断，着实让我困惑了好些年。

所以究竟“开关键”的哪一面，才是爸爸的本心呢？

我曾隐晦地问过爸爸：“我上大学后，你为何不像中学那样关注我的生活了？”

他说："送你进了大学的门，就没必要再督促和影响你啦，不该这样吗？"他这话说得特别自然，仿佛在分享一个人人都懂的常识，理所应当。

但坦白地说，我很难认同。我心底更希望的故事情节是：爸爸在我 18 岁以前的"试卷"上别那么执着，而在我 18 岁以后开阔人生的"开放性问答题"上，他能多一点陪伴。

然而，故事剧本木已成舟，爸爸的判断和选择，影响到我成长的诸多剧情。

在我 18 岁以前，尤其在上初中后，爸爸开始跟进我的学习进程。即使我能取得不错的成绩，感觉不到学业吃力，他依然会竭力"推动"。在他看来，这个阶段的孩子就必须靠家长督促，无论孩子是否感到有必要、是否赞同。

这个观念在我家那边很常见。邻居家的学霸姐姐，她爸爸对她的态度就格外严苛。某次去她家做客，我不过是和她多摆弄了一会儿新笔筒，她爸便冲进门来大声斥责："你们知道有个成语叫玩物丧志吗？"那个姐姐立马把笔筒推到书桌角落，低下头拿起笔继续演算习题。

后来我问她："你不觉得你爸对你太严厉了吗？"那个姐姐推了一下近视眼镜，用一种和年龄不相符的神情看着我说："要不是我爸的话，可能我考不到现在这样的成绩。"

爸爸让子女在学习上少点惰性、多点勤奋，固然没错。但在青春期，我固执地不希望他执意推我往前。他并不知道，我在某个尚小的年纪，已经生出自我规划时间的主观意识，而他的过度关注会打乱我的计划，让我十分烦恼。彼时家中一些不愉快的争吵，并非由于我没考好，只是因为我没按他规划的路线走。

回头“复盘”，或许他应该和我多聊聊，听我说说，我更需要的是什么。

自打我 18 岁顺利拿到理想大学的录取通知书后，爸爸觉得最该关注的部分和使命，他完成了，接下来我按照自己的心性和想法自由前行就可以了。

我上了大学才意识到，漫长的是课本和考卷以外的人生，有太多课堂、家庭无法解答的社会交往问题。而这时，爸爸选择退到一个遥远的距离，旁观我和这个更广阔、更复杂的世界交手，不再干涉。

比如在大学第一次失恋，打电话回家倾诉，听电话的只有妈妈，爸爸全程没讲话；在高强度、人际关系紧张的大公司实习，因不懂“职场规则”栽了大跟头而感到困惑时，只有妈妈用女性的方式紧张而无奈地安慰着“适应了就好了”“总要经历这一关”。可我内心更希望爸爸告诉我，如何用更灵活而有力的姿态去解决问题，而不只是与自己的小情绪争斗。

辅导完学业就“失踪”的爸爸，并不是一个没有生活阅历的人，或者是对人生思考为零的无趣之人。相反，通过我妈的讲述得知，爸爸年轻时候的经历，有很多我不曾想象的精彩和波澜。他拥有丰富的社会经验和智慧积累，对子女而言是可贵的财富，但这一面，他没有同我分享。

中学时代，我在学业上蛮能“自给自足”，长大后步入社会，这一段路途的人生考题，恰恰是我真正需要爸爸陪伴作答的部分……他却选择弃答。

如今我已完全自立，那个一出问题就要打电话回家的年纪也永远过去了。回头想想，每个家庭、每个人做选择，其实没有对错之分，只不过拍板一刻决定的策略，必然会通向一条再无法更改的路径——若没有完全符合自我心意，回忆之时多少有点遗憾。

若时间能倒流，我还是想对我高考前的爸爸说一声："你参与我成长的开关键，别轻易按下，我们一起商量一下好不好？"

请别对妈妈使用反问句

叶浅韵

好几年前，我看到一篇文章，标题很吸引人——《老妈的更年期遇上儿子的青春期》。我离更年期似乎还有一段距离，但儿子的青春期说来就来了。

我有些紧张，因为周围有许多孩子的叛逆行为令人无奈，像一场场没有硝烟的战争。最后都是母亲战败。母亲被儿子一步步往后逼，一次次地妥协和让步，都是因为爱。爱之太甚，反倒不及，结果都变成了伤害。

此前，当老师的弟弟这么安慰我，他说："'叛逆'这个词，都是那些不听话的孩子家长臆造出来的，因为他们必须为自己教育的失败找一个客观的理由。"好吧，看着眼前身高刚刚超过我，就开始摸着我的头顶嫌弃我是个小矮子的娃，我稍微给自己松了下绑。

初二平稳地过去了，也常看到娃的一些异常举动，无非是一些刷存在感的行为，想证明"我有思想、有主见、有自己的世界观"了。给他一根棒棒糖，有甜蜜也有疼痛，把他的心绪抚摸平展了，也就好了。兵来有将，水来有土，我且站在岸边，看娃生长的方向。

事实上，话可以说得轻松，一旦做起来，却常常有手忙脚乱的时刻。中考前一个多月，娃突然就有了新动向，先是把关联在我手机上他的QQ账号解除了。以前，他只是用诡异的小眼神探询我是否偷看了他的QQ信息。偷看是必然的，但不承认也是必需的。我不大相信那些家长要尊重娃的隐私的说法，因为我只是一个普通的母亲。

慢慢地，我发现自己错了。正是因为他没有隐私，才对我如此大方，一旦有了隐私，就必定要想法子抹去一切痕迹。

以至到了后来，他在卫生间里打电话，也开始用英文对话，而我只能听个大致，还要假装什么也听不懂。

明明此前，他才说过我是他的好朋友呀。如今，他有了不能出卖的好兄弟，有了可以说心里话的女同学，有了不能让我知晓的新鲜事。上学期我问他有没有喜欢他的女同学时，他说："妈妈，还没有呢，估计下学期就会有了。"此话还一度被我当作笑谈，如此童心洁白，真令我老心甚慰啊。现在，一切都变了，我成了他时刻需要防备的敌人。

有一段时间，他频繁地对我使用反问句：你说呢？你以为呢？你怎么会这样？你为什么要这么做？你……总之，所有的事情都是我的不对。从他紧皱的眉头和不耐烦的语气中，我知道自己被他嫌弃了。每每这时，心中的怒火就会升腾起来，但又被我迅速地按下去。才过了几分钟，一个不留神，我又哪里不对了，他又开始奓毛起来，对我大规模地使用反问句。

我试着跟他沟通。我说："小子，我是你亲妈，你长成刺猬的样子会弄疼我的。"

他立即说：“难道不是你先弄疼我的吗？”

又是反问句。我在他各种各样的反问句里十分烦乱，且一轮接着一轮，吃饭时上演，出门时上演，睡觉前上演。无论我说什么，他随时都是反攻的态度，使劲用足球场上射门的力量来对抗我。

马上就要中考了，我心里很着急，决定适当回避几日，让他父亲料理他。

我以为换个选手，比赛就能精彩进行。当书房里的声音越来越大时，我才知道，牙齿和舌头咬上了。小子负气出门，连手机也没带。他父亲追出去时，还在咬着牙根说：“我赌他哪儿都不敢去。”其实，我好担心，把孩子们离家出走的各种剧情想了一遍，越想越害怕。

一小时后，小子回来了。我笑着拥抱他，说：“妈妈好担心你会离家出走哦。”他说：“我是那样的人吗？我有那么愚蠢吗？”天哪，又是反问句。好在，这次的反问让我没有痛感，只有释然，至少说明他的三观正。

家庭成员之间的战争，有点儿像《三国演义》中的情节。小子在父亲那里讨不到好处，对我倒是客气了几分。我趁机加些酱油，说：“小子，请别对你妈使用反问句，直接陈述一件事会比你使用反问让人舒心得多，不管是请求还是叙述，说话的语气有时会比内容更重要。”

后来，收效明显。许多反问句都变成了两个字“你猜”，我在这两个字里与他斗智斗勇，装傻装凶。终于在考试前的两个星期，他的情绪恢复正常。我们去看考场的时候，许多家长等在校门外，其中有一个母亲对她的孩子说：“别人都进去了，你也赶紧进去吧。”一句普通的嘱咐顿时让那个孩子爹起毛来，他说：“我就是不进去，你能怎么样？”母子僵持的局面让人尴尬。

小子出来，我对他说：“下辈子你做我妈妈吧，我们试着换一下位置。”他像忽然就懂事了一样，说：“所有的妈妈都不容易，你妈妈更不容易，要养大四个不听话的娃。”他这句话一下子就令我想起了我上中学时曾对母亲使用的各种反问句、与她以各种各样的对抗方式。我一瞬间就理解了眼前这个想要向我证明他长大了的娃。

我也想起了无数次我使用反问句的后果。因为不能好好说话，不能站在对方的立场上思考问题，一句句硬邦邦的反问句，引发了一次次不愉快。此前，丈夫曾对我说过，请对他使用陈述句，我不以为然。直到在儿子给我的反问句里，我才反思了自己的过错。

反问句往往带着一种挑衅和不友善的意味，让人产生反驳、对抗、争辩、否定的意识，进而让事情陷入僵局，实在是比较愚钝的表达方式。我们都要记住：请别对妈妈使用反问句，请别对一切对你心怀友善的人使用反问句。

女儿是种奇怪的生物

闻娜娜

和我女儿相处的人，特别容易被她天使的外表所蒙蔽。

女儿的性格活泼热情，好学上进，人送外号“小太阳”。然而可以化身“励志宣传标兵”的女儿，每每假期回家，本性就暴露无遗：把房间折腾成“负五星级”狗窝；把美美的脸蛋儿化成哈士奇；疑似得了健忘症，总是追着我问她的东西在哪里……

女儿臭美，梳妆台上摆满了瓶瓶罐罐，当她每每在脸上做“化学实验”的时候，我都看得胆战心惊。她的五官虽然长得谁也不服谁，但真凑在一起，倒挺团结。出门遇见熟人，说女儿长得像我，她小嘴一撇，还挺委屈。

和女儿打交道以来，我吃了不少亏。可在她心中，我吝啬的葛朗台形象始终屹立不倒。

我们的故事得从二十几年前说起。初次见面，女儿正四仰八叉地睡在摇篮里，皱皱的小额头和扁扁的小嘴巴，似乎在抱怨：“呀，怎么投胎到这家了，早知道不来了。”但这些丝毫不能阻止我的母爱像国庆节的烟花，“砰砰砰”，绽放天际，连空气里都弥漫着甜蜜。

女儿像一颗从天而降的陨石，把我们平静的生活彻底打乱。她是个实力雄厚的女高音，一言不合就开嗓；她还是个民间艺术家，画画、跳舞、唱歌无一不精，10 岁时就能把书法写得有模有样。我和她爹站在满墙的涂鸦前，总是感慨：“这孩子的艺术细胞到底是遗传了谁的呢？莫不是……负负得正？”

高考结束，女儿填报志愿时，我使出浑身解数劝她留在省内的高校，可是她调皮地说：“距离产生美。”我只好叹一口气。最后，女儿如愿以偿地被外省的一所大学录取。

之后，女儿像冥王星一样，终于挣脱了我这个太阳系，在自己的天地里自由奔跑。为了防止她彻底脱离我的管辖，我决定从经济上牵制她。

清晨，我刨地瓜似的把女儿从被子里拉出来，她睡眼惺忪，头发似爆米花般在头顶炸开。我正襟危坐：“以后每月的生活费 1000 元，超支部分列出明细，审批通过后可以打借条，日后按银行利息连本带息一并归还。”女儿仰天长啸，几番撒泼打滚无效后，无奈地签订了这份“霸王条约”。

刚开学那阵儿，第一次独立支配生活费的女儿花钱花得风生水起，怎么也刹不住闸，隔三岔五就来领“救济金”。她是个编故事的好手，会铺垫，有高潮和转折，而我一贯的应对方式就是哭穷，有时还会把她狠狠斥责一顿。连续碰了几次钉子后，女儿偃旗息鼓，赌气要“自立门户”，不再与我联系。

和女儿失去联系后，翻她的微信“朋友圈”成了我每天的“保留节目”。我从她的动态里得知：她每天都忙得不可开交，双休日在外当家教、做兼职；她爱上了写作，稿费成了她实现“吃货理想”的主要经济来源；在充满机遇和挑战的大学时代，她获得了各种奖学金……那段我们缺席的时光，把女儿织成了一块锦，不再需要父母来添花。后来，这场“经济战”以我的全军覆没告终。

我潜伏的时光一直延续到2018年年底。我做了囊肿切除手术，消失许久的女儿突然拎着大包小包赶回家。住院的一周里，白天，她为我煮粥、洗衣、找护士；晚上，她就坐在床尾看书，寸步不离……眼前的女儿像盛开在角落里小小的苔花，安静却有力量。

我知道女儿回学校忙起来后，一定顾不上家里“玻璃心”的老母亲，于是赶紧通宵拟定了“养老合同”。第二天，我的脸涨得通红，手里攥着合同，胆怯得像个犯错的小学生，半天挤不出一句话来。可出人意料的是，女儿看都没有看一眼，就十分爽快地签字画押。

此后，我便时不时地打着母亲节、妇女节、农历和阳历生日等节日旗号，变着法子从女儿那里猛刮油水。她爹心疼不已，怂恿她毁约，没想到女儿大度地安慰他：“早知道我妈戏多，她开心就好。”

女儿的世界越来越大，她努力地向外画了一个又一个圆，却始终以家为中心。那些我自编自导的苦情戏在她面前早已原形毕露，是爱和温暖让她一次又一次地在刀刀见骨的压榨中，暖心地陪我演了一出“周瑜打黄盖”。

女儿在《亲爱的多云小姐，我爱你》这篇文章里写道：“你在前方开辟鸿蒙，把乌黑长发练成金钟罩，把甜美长裙锻造成铁布衫，留给世界一副坚不可摧的模样。岁月给了你100个苍老的理由，但在我这里，你依然可以卸下所有的防备，变成一块刚出炉的焦糖芝士蛋糕，温热香甜；做回一个天真的小孩，露出婴儿般的信任、依赖与柔软。”

从最忠实的读者到“多云小姐”，我多次扮演她笔下的主角。那些熟悉的感动被谱成了一首亲切动人的童谣，而争吵早已化为生活的糖，散发着丝丝的甜。

女儿是种奇怪的生物，擅绝食，爱哭闹，撒娇力满值，她能轻而易举地击溃我所有的防线，让我多年的经验和招数统统失效。可偏偏又是她，时常让人感动得热泪盈眶。余生虽短，爱却绵长，在亲情的路上，我们都是愈挫愈勇的实习生，一边练习，一边成长。

那段时间，我不断提醒自己“闭嘴”

王　风

那是寒假中的一天，上小学六年级的女儿坐在窗前的书桌旁写毛笔字，两只衣袖高高挽起到胳膊肘之上。我从旁边经过，顺手把她的一只袖子拽下，她头也不抬地立马又把袖子撸起；我再拽下，她再撸起。片刻间两个回合的无声过招，我暂居下风。

愕然之余，我的脑海中电光石火地闪过几个应对之策，最终我却在心里对自己说：“闭嘴！”转身该干什么就干什么去了。

因为那一刻我意识到，女儿的青春期来了。

很多文章把青春期描绘成一头怪兽，它能在眨眼间把原本乖巧听话的小可人儿教唆成混世魔王，而且父母管束得越严，孩子就越逆反，作用力与反作用力相等。

其实不用专家科普，回顾自己的过往，我的青春期就曾经是一场与母亲持续不断的战争，从发型到社交，从参加什么活动到读哪本课外书，都会引发一场控制与反控制的战争。

战争的结局，凡是母亲反对的事我都做了，然后以大学录取通知书为翅膀远走高飞，一去不返。

但是女儿似乎一点都不像我，她自小性格平和，通情达理，几乎没有任性和执拗过，我甚至担心她缺乏个性。因此，我隐约期待着她能长出怪兽的犄角，展露青春期该有的锐利锋芒。

然而事与愿违，女儿的青春期颇为平静，至少在我眼里是只现微澜，不见巨浪。回想起来，我们之间好像只发生过一两次小冲突，以至我都想不起缘由和过程了，只记得结局是她不开心，我也没有获胜的喜悦，反而自责没能控制住自己的情绪。

于是，“闭嘴”成为那段时间我常常提醒自己的两个字。说了也没用的话，不说！可说可不说的话，不说！不确定如何表达更合适的时候，不说！这样一来，我们的相处模式就简单多了——我用耳朵，女儿用嘴。饭桌上基本是她在滔滔不绝地说，我津津有味地听，间或好奇地问一声“后来呢”，她便把前因后果一股脑儿地齐齐端出。

可能因为我采取了避其锋芒的策略，女儿青春期的能量和攻击力只好转向外界，其中多数由学校和老师承受了。记得她曾经因为英语老师一句“课代表应该每次考第一”，就愤而撂挑子不干了；也曾经由于不愿意在微凉的早晨穿短裙，就主动退出升旗仪仗队的护旗手行列。

这些都是她事后告诉我的。虽然我认为女儿的决定有一定的道理，但也并非全然认可她的行事方式。转念一想，鲁莽冲动不正是青春期的特征之一吗？好吧，反正事情已经发生了，那就随它去吧。

当然，有的规则是必须遵守的，比如要按时作息，到了该睡觉的时间，即使作业没做完也得上床睡觉，养成健康的生活习惯远比学习成绩重要。规则是从小建立的，女儿遵守起来不成问题，反倒是我自己偶尔犯规引起风波。

女儿上初中时，有两次我写稿写到半夜，第二天早上闹钟响也没听见，睁开眼睛已经快8点了。女儿被叫起来，一看要迟到了，第一次跳着脚跟我嚷："都赖你，我从来没迟到过，这下迟到了！"我一边道歉一边把牛奶、鸡蛋、面包放在她面前："是我的错，对不起。不过反正已经迟到了，再晚几分钟也不算什么。"坚持让她吃了早饭再去上学。

在我看来，跟少听几分钟课的损失相比，吃饱更为实际。再说没经历过的事就该体验一下，正好增强她的心理承受能力。果然，当我重蹈覆辙又起晚了的时候，女儿和我都淡定多了。

她在匆忙洗漱的同时还不忘关心我的稿子写完了没有，我也在早饭问题上灵活操作，让她带着在路上或课间吃，不再坚持必须吃完才能出门。

我在青春期是桀骜不驯的，女儿的青春期却波澜不惊。回想起来，应该感谢我的母亲——她的外婆。当年我妈不许我看课外书，不许我去同学家玩儿，也不许我带同学回家……

也许那时正好是她的更年期，遇到一点小事就无限上纲上线，唠叨个没完。上初中时我就发誓，将来决不当这样的妈。于是，我对女儿的阅读只有建议，没有限制，我鼓励她广交朋友，自己则多听少说，遇事把母女关系放在第一位，是非暂且靠后。

其实孩子的事能有多大的是非呢？往往过后一想，那点小事都不值得重提，也就算了。

或许我的更年期也不典型，不烦不躁，情绪波动也不大；女儿的青春期好像也不典型，有点小自主、小任性，都在可容忍的范围内。

漫不经心之间，日子就云淡风轻地过去了。

要说遗憾，就是我的期待有些落空，她最终也没长出叛逆的犄角，枉费我当年摸索出成套对付父母、老师的招数，如今后继无人。

他的忐忑，是必须经历的

潘　立

中午回家，儿子找我要 50 元钱。我问他要钱做什么，儿子说：“别的同学手里都有钱，就我没有！”

我说：“给你说过多少遍了，路边的垃圾食品不能买。”

儿子很委屈：“我说要买零食了吗？”我追问：“那要钱做什么呢？”

儿子躺在沙发上，眼泪汪汪地哭诉：“我的压岁钱都在你们那里，那是我的钱，你们应该还给我！你们天天像侦探一样盯着我，就怕我乱花钱！人家手头都有几十元、几百元，就我最穷！你们天天说是为了我好，却总是压迫我……”

我有些疑惑，不就是不给他钱吗，至于情绪如此激动？再说了，没正当理由，我怎么能随便给钱？他爸看儿子如此大动肝火，给了儿子 50 元。儿子拿起钱，欢快地上学去了。为此，我和他爸还吵了几句，我说他太没原则，他说儿子要钱肯定有他的理由，相信他吧。

几天后，我们碰到儿子的班主任。班主任说，为了锻炼儿子的管理能力，让他当了生活委员。

班主任又说，前几天让他代收班费，每人50元。交来的名单上差了一个女生，这个女生说她交了，讲了交钱的时间、地点，还有别的同学可以作证。班主任让儿子再找找。第二天，儿子拿来50元给班主任，说是找到了。班主任问他："是不是真找到了？若是没找到，就算了，下次注意，千万别拿自己的钱垫进去。"儿子肯定地说："在书包的夹层里找到了。"我和他爸的嘴都张成了"O"形。

我小声说道："难怪上次……"他爸马上说道："是的，他是要了50元，说是交班费，只要了一次。"我心领神会，也点头。他爸又补充道："他还和我说了，同学交来的50元不见了，后来在书包的夹层里找到了。"班主任点点头，然后开始说其他的事。和班主任分开后，我和他爸默默走着，好半天没有说话。

儿子自尊心极强，同学交了钱，名单上却没有，想必这个女同学会咄咄逼人地质问，想必同学们会投来不信任的目光，想必老师对他也会有些怀疑。四面楚歌，他多么无助。可是，又不能承认自己将钱弄丢了，只好自己想办法。面对我们的追问，他的委屈大爆发。那颗敏感的心当时经历了怎样的煎熬！想到这些，我心疼不已。

他爸说，他脑海里翻腾的一个词是"成长"。儿子刚到一个新环境就发生这样的事，的确让他很为难。但儿子总算独立解决了，也还算圆满，各方都满意。能将棘手的事情办好，这就是成长。

不过，做妈妈的心总是更敏感、更细致。这件事在老师、同学那里算是圆满了，可在我们这里如何圆满？我想主动跟儿子表明我们的态度，给他吃一颗定心丸。他爸反对："千万别这样！这是孩子的秘密，你千万别戳破。人家'处心积虑'，就是不想让人知道，你自作聪明，会让他很没面子。”可关于这50元的下落，他如何向我们交代？他会不会忐忑不安？他爸说：“他的忐忑、他的紧张、他的不安，都是他撒谎要付出的代价，都是他必须经历的，外人不能帮。”他爸还叮嘱，这件事到此为止，谁也不许再提。

我点了点头。不过，好几天心里都放不下。我反复琢磨，有三个疑惑需要梳理：

一是立场问题。诚实地承认“对不起，你的钱我弄丢了”和选择用一个谎言来解决，是否有明显的对错？

二是家长的态度。明知儿子撒谎了，家长是尊重客观事实，还是保全孩子的秘密？

三是家长是否参与。明知孩子对此事仍然心怀不安，家长是否应该主动介入，给他心理支持，帮他卸下包袱？

我和他爸反复讨论，形成的一致意见是：孩子在慢慢长大，终要独立面对生活，独自处理各类关系。对于他现在的处事方式，我们最基本的原则是：尊重。只要不明显违背“三观”，只要不侵害他人利益，我们都不会过多干涉，让他自己在生活中扑腾。

孩子长大，我们的教育理念也要与时俱进。他不再是两三岁无知无畏的幼童，我们不能再将他当作翅膀下的小鸟，全方位地帮他抵挡外界的袭击；他也不再是我行我素、毫无规矩的顽童，不能再将他当作流水线上的产品，稍有纰漏就要纠正。他已经长大，他要学会独立思考、做人与处事。

他做了选择，就要给他空间，让他自己去调适，而不是由父母来评论和救场。假如错了，就让他自己接受惩罚，然后再更正，再前行。这个阶段，父母能做的，就是做一个旁观者，远远地看着。他的痛、他的伤、他的哭、他的笑，由他自己去处理。

我们能做的，就是默默地祝福：孩子，加油！

我装满故事的抽屉您别翻

金 薇

妈妈，今晚我们都有时间，我想与您谈谈。

您也许觉得奇怪：我们天天见面，何必这么正式呢？是的，我们近在咫尺，可是每天都各有各的事情，我们能够交谈的时间是那么少，似乎只限于饭桌上那可怜巴巴的半个小时。而那时，您总是很疲惫，我实在不愿在那种气氛下和您交谈。但是，妈妈，您不觉得我们之间的距离越来越远了吗？

妈妈，今天请您耐着性子，听我把话说完，让我向您讲讲我很久以来压在心里的话，讲讲我抽屉里的秘密。

妈妈，小时候我从思想到行动都依赖您，您说我乖、听话。可随着年龄增长，我变得“不乖”了，有了一些属于自己的秘密，从一张画片、一只纸船，到一段体会、一份感情，我渐渐收藏起那些自己认为珍贵的东西。

于是，我有了自己的第一个小纸盒、第一个日记本，直到今天的这个大抽屉。当我打开它，就感到一种欣喜，是仿佛拥有了整个世界的欣喜。日记本里，我记下成功的喜悦、失败的痛苦，还有对人生的困惑和对理想的追求；诗集中有用我年轻的心写下的诗行；摘抄本里有点滴的处世经验、指导和启示；儿时的作文让我忍俊不禁；第一堂手工制作课上，我做的怪模怪样的布娃娃使我重温实践的辛苦和乐趣……这里面的每一样东西，都有属于我也属于它们的故事。我爱它们，就像爱我淡淡的童年和浓浓的青春，因为正是它们，点点滴滴，丝丝缕缕，连缀着一个个翠绿的、粉红的、橙黄的、湛蓝的甚至灰白的日子，构成了我如歌如诗的年华。妈妈，它们是我生活的一部分啊！

可是，妈妈，您却把这个抽屉看作我对您不信任的标志，用一种厌烦和怀疑的目光看待抽屉里的一切。每当我打开它，您就不厌其烦地数落我“像个拾破烂儿的”，一次又一次劝我甚至命令我清理抽屉、扔掉“不该要的东西”。有一次，我发现抽屉里少了一个纸盒，日记本的位置有了变动。从此，我最害怕您替我收拾房间、整理抽屉。从此，我的诗集开始了“隐居生活”，日记本也开始颠沛流离、躲躲藏藏。本来我并没想对您隐瞒什么，可是您一定要揭开我那点可怜的秘密，这使我几乎是出于本能地保护它们。于是，您一次次扔掉您认为该扔掉的东西，我又一次次把它们捡回来。我们之间的距离就这样越来越远。您很困惑、很忧伤，我也很困惑、很忧伤。妈妈，请您听我说：您也曾和我一般大，也像我一样富于幻想，为什么您就不允许女儿有自己的秘密？

若干年以后，当我步入您现在的年龄段时，或许我也会觉得那些东西幼稚，可现在，我迫切地需要它们。它们让我知道我在一天天长大、成熟；它们让我更清醒地认识我自己；更重要的是，它们让我实实在在地拥有自己。我可以把握自己，可以独立解决一些初涉人世时遇到的问题——虽然答案未必圆满。而您总是用不信任的态度来对待我，否定我那刚刚萌发的自主和自信。您总认为是它们造成了我们之间的隔膜。不，它们只是隔膜的表象，这种不信任才是隔膜的根源。

妈妈，我懂得您的不信任是出于关心和爱，您总是觉得我还小，还不能独自面对人生。可是，妈妈，一棵幼苗如果总罩在大树的阴影里，怎能成为栋梁？这个道理您一定清楚，那么就请您给我充分的信任吧。我向您保证，虽然我爱那些秘密，却一定不会过分留恋。

放心吧，妈妈，我在长大，我会在将来慢慢清理掉一些不必保留的东西，增添新的、更有生机的内容。

长大后，我就成了另一个你

杨帅星

我妈是我们村小学的一名代课老师，然而这并没有给我带来荣耀。小时候，这是我的烦恼。每次我考了第一名，周围的人总是说："老师的孩子学习就是好啊。"

小小的我是十分不服气的，我觉得我的成绩和妈妈没有关系。她每次下班回家不是忙着做饭、洗衣服，就是忙着备课，我的作业都是自己做的，她从来没帮过我。她没带过我的班级，我学到哪一课，她也不清楚，从来没有教过我任何学习方法，甚至辅导资料和课外书，都是我自己跑到镇上的书店买的，她只负责掏钱，没给过任何建议。

所以，我的"军功章"怎么会有妈妈的功劳呢？

我跟每一个人解释，我成绩好是因为我努力学习，不是因为我妈妈是老师，你看隔壁村子孙老师的女儿成绩就很差，而孙老师去年还得了优秀教师奖呢。

后来我凭借优异的成绩到县城上初中，我特别高兴，不仅仅是因为周围新鲜的一切，我想这里的人终于不知道我妈妈是老师了，我的成绩只属于我自己。

某次语文课上，一个同学因为回答不上来四大名著的作者和年代遭到批评。老师最后气急了，说："回家问你妈去。"

那个同学笑着回答说："没法问，我妈不识字。"

好多同学都笑了。很久之后，我才知道笑声分为两拨，有的人像那个同学一样，认为父母不识字，不知道这个问题的答案天经地义，他们在笑老师的病急乱投医；而另一些同学在嘲笑那名同学。

这些不是我从小就知道的常识吗？

《钢铁是怎样炼成的》不是科普书，高尔基是苏联作家，唐宋八大家的关系，鲁迅"文学家、思想家、革命家"的顺序不能乱……这些不都是众所周知的吗？

那是我第一次开始思考为什么村里的孩子大多偏科，他们可能数学成绩一直很好，而语文很难保证一直成绩优良。

如果说，数学可以凭借勤奋努力或者天赋成功的话，语文则更多依靠日常积累，对于小孩子而言，就是耳濡目染了。那时候，我忽然明白妈妈给予我的巨大帮助。是的，她从来没有专门坐下来给我讲过题，可是我们看电视的时候，她就顺带着把四大名著的常识告诉了我；我背诗的时候，她洗着衣服就顺带着把作者的故事讲给我听。这些在下一次的考试中不一定用得到，但长时间的累积不仅拓宽了我的知识面，还优化了我的思考方式——学会横纵深度思考。直到现在，我看到一个问题都会去想来龙去脉和相关问题，表面上费时费力，实际上获益良多，常常有目的之外的收获。

这不仅仅体现在学习知识上。随着年纪增长，经历丰富，我越来越发现，很多平常认为的理所当然的事，比如要勤俭节约不要浪费、要真诚待人、要尊老爱幼……很多时候，只存在于某些人的口号里或者倡导准则里，甚至是自我介绍里，但在具体行动中很少体现。

我想这无非是因为，道理谁都懂，可没有养成习惯。习惯的养成不仅仅需要 21 天，而是一个成长环境，是来自父母的言传身教，是看在眼里、记在心里、体现在身上的。

什么是家风、家教呢？是长大后，我就成了另一个你。我一直相信，你是什么样子，你的父母也一定是差不多的样子。

学校的主要任务是传播知识，而家庭的教育是方方面面且连贯的，外化于行、内化于心，从小养成良好的学习、生活、思考习惯，这样的家风，是我一生的财富。

父子书

赵　松

“爸，这些书堆得都要倒了，你没发现吗?”儿子大摇大摆地晃了进来，往我的床上一躺，随手拿起一本达尔文的《物种起源》，“这就是进化论？100多年前的了，都写了些什么啊，你看完了吗?”

“我一直都很奇怪，爸，你为什么总是喜欢看跟我们这个时代没什么关系的书呢？我觉得就是因为这个，你才会去写那些别人看不懂的东西。我觉得你写这些已经证明自己了，为什么不去写大家都看得懂的呢？你都不知道我们这一代人喜欢看什么书。”

“爸，你就不考虑考虑谁会看你的书吗？我觉得这是不对的，你不能无视哪怕是最普通的一个可能会读你书的人，要是你不知道他们在想些什么，你怎么可能写出他们喜欢的书呢？那样的话你就永远也写不出畅销书了，难道你不想让自己的书卖得好吗？你不想通过写作让自己变得很有钱吗？那样至少我们就不用租房子住了。”

“这本书太压抑了!”他把我送他的那本厚厚的《奥尼尔自传》丢到了一边，“他后来活得太惨了，我都不想看了，真够他受的，怎么会那样？我还是喜欢能让我振奋一点的书，不然的话我也会变得没劲了……”

“你知道我为什么喜欢这本书吗，爸？”他指了一下那本《极简宇宙史》，“因为它简单明了，不绕弯子，它用最平常的话告诉我关于宇宙的知识，看着很舒服，一点都不累，可以随时翻开，随便从哪一页都能看下去，也可以随时停下来，一点儿没影响。我就喜欢它的简单。”

……

从13岁到16岁，儿子经常会这样跟我说话。每次走进我的房间，他都带着审视的目光，仿佛头一回进来似的，打量着周围的书架，还有床上的那些书。他拿起这本，翻两下，又换成另一本，再放下。他的问题永远不是关于这些书的内容本身的，而是关于它们为什么会被我喜欢，因为他实在看不出它们有什么吸引人的地方。我已记不得他第一次质疑我的书是哪一天发生的事了，只记得当时他来到我的那个工厂园区里的工作室里，坐在沙发上，左右扫了几眼那些书架，问我：“好像又多了不少书？”我点了点头，半开玩笑地说：“它们将来都是你的。”他摇了摇头：“给我？可我对它们一点兴趣都没有啊。”“或者，你也可以把它们捐赠给哪个乡村图书馆。”我说。他出神地想了想，没再说什么。

这个场景对我来说，是个巨大的时空落差。这意味着我必须要接受这样的事实：他已经不再是那个每天晚上迫不及待地要听我讲吉卜林的《丛林故事》，甚至逼着我编各种版本的狼爸爸续集，或是安静地听我讲卡尔维诺的《意大利童话》的男孩了。他也不再是那个整天喜欢抱着那些关于恐龙世界的书看个没完、把我跟他的角色分设在侏罗纪和白垩纪的男孩了。你还没来得及把《一千零一夜》和《安徒生童话》读给他，他就长大了——这种变化要远比他从一米五五长到一米七二来得触目惊心。他再也不会像以前那样随意地挨靠着你了，而是在你每次出现在他面前时都会带着某种警觉面对你；当你试图摸一下他的脑袋或搭一下他的肩时他总是会下意识地避开。他会不失时机地表明态度：“我跟你一样，喜欢独自待在自己的房间里，不喜欢别人没事就随意进来。”听到此言，我多少还是有些不习惯的，甚至有些尴尬。

为了理解他的这种变化，我不得不去想想自己在他这个年纪时是什么样的状态。那时候的我不明白，为什么我爸会把那套从朋友那里借来的线装绣像版《红楼梦》用布包裹着藏在衣柜里，好像唯恐被我们看到似的；家里没多少书，除了袖珍本《毛泽东选集》和《赤脚医生手册》，还有《东周列国演义》、林汉达的《春秋战国故事》、胡绳的《从鸦片战争到五四运动》、司各特的《爱丁堡监狱》和《艾凡赫》，以及半部《斯巴达克思》。而我感兴趣的只有战争方面的知识，比如甲午海战的细节、解放战争中每次战役的情况。但印象最深的，却是《斯巴达克思》里的角斗士和看台上的那些罗马高级妓女裸露的洁白如大理石的肩膀。当我把这些记忆讲给他听的时候，他一边玩着魔兽游戏，一边摇着头说：“老爸，你想过没有，要是那时候也有电脑和游戏，你还会看它们吗？今天的孩子跟你们那时候已经完全不一样了啊。你们喜欢的，不代表我们也要喜欢。”

不管我给他推荐什么书，他基本上都是拒绝的。他想要什么书，会把书名用 QQ 发给我，让我去买。13 岁时，他迷恋猎鹰的书，把能找到的都看了，还不止一遍。那时他还关注特种兵这个主题。接下来,《盗墓笔记》又成了他的枕边书,差不多有一年多时间都在反复看。“那猎鹰呢?”我问他。“猎鹰?”他想了想,“他写故事的能力还是挺强的,但语言太松散了,经不起反复读……有段时间我写作文都是模仿猎鹰,可老师觉得一点都不好。其实《盗墓笔记》也有类似的问题,只是题材更有意思一些。”问及对他影响最大的一本书,他不假思索地说:“那一定是《超越无限:迈克尔·乔丹人生哲理启示录》。”他特别喜欢乔丹的那段话:“如果我跌倒,那就跌倒吧。爬起来继续前进,拥有一个愿景然后去尝试……如果我成功了,那很棒。如果我失败了,我也不愧对自己。”说完这段话,他还不忘批评我一下:“老爸,我觉得你有个最大的问题,就是你并不渴望成功。”在我表示不认同时,他补充道:“因为我看你整天除了闷头看书和写作,并没有表现出对于成功的热情。你只是写你喜欢写的,而不是别人喜欢看的。你写得太小众了……你不觉得这是个问题吗?”

“不觉得。”我说。

“反正这是你的问题。”他摇了摇头,“你回避不了的。”

“老爸,你能不能不那么写我呢?”读初二时,有一天,他看到同学转给他的那篇我写的《我们父子》。“我随口说说的话,你也写进去了,这真的让我很尴尬,同学们都开我的玩笑,问这问那的。你应该问问我再写,我觉得我跟你写的我不一样。这是不真实的。另外我跟你写的《抚顺故事集》里的那些人也不一样,你不能用写他们的方式来写我,我也不是很赞同你那样去写他们,他们也有很多方面是你不知道的。”

我默默地注视着他,过了一会儿,我问他:“你看了吗?”

“看了一半吧,”他晃了一下脑袋,“后面的就不用看了。我知道你怎么想的。我并不是要否定你的写法，就是觉得还有其他的可能，只是你没意识到而已……你还是太喜欢自己的那种写法了。”

好吧，我无奈地耸了耸肩。他还没完：“不过好像你们作家都不喜欢被别人批评。还有就是，我觉得你并没有全力以赴去写你想写的东西，我看你经常都很悠闲，像没什么事儿似的，今天去跟朋友吃个饭，明天又去参加个聚会，在家时也是没完没了地看书，你为什么不关上门写作呢？我要是你就哪儿都不去。”

有段时间，他的同学都在看雷米的《心理罪》。他也让我给他买来，厚厚的五大本。他看了几天就放弃了，他把它们丢到角落里。在我拿起其中的一本翻看时，他问道：“老爸，以前，你刚开始看书的时候，对你影响最大的书是哪一本呢？”

我想了想，说：“应该是《尼克·亚当斯故事集》吧，海明威写的。”

“原因呢？”

“它让我明白，一个人在年轻的时候独自游荡有多么的重要。”

“哦。”他点了点头，出了会儿神，没再言语。

父母也是第一次做父母

艾小羊

小学的时候，我最想成为的人是我姐。她比我大 3 岁，既聪明又漂亮，性格温柔，会说软话。从小我们一起闯祸，挨打的总是我。因为我妈刚举起手，她就边哭边求饶；而我是死硬派，有时还顶两句嘴，属于不见棺材不落泪、不被打趴不服输的那种。

我姐青春期开始谈恋爱。7 月的一天，我妈在胡同里晒了萝卜干、茄子干让我们看着。我姐就搬了一张小书桌出来，坐在那儿写作业。我爸忽然乌云般飘过来，抬脚把我姐踢得跪倒在地。邻居们纷纷过来劝解，我当时吓傻了。后来才知道我爸刚从学校回来，我姐的期末考试成绩，从全班第 2 名滑到了第 35 名。

此后的两年，我目睹了一对父母对于青春叛逆期的女儿最失败的教育。

我爸一味地使用暴力。如今想来，他是对我姐爱之深、责之切。

姐姐一直是我爸的骄傲，他在她身上寄托了太多的期望与梦想，与其说他接受不了我姐姐的变化，不如说他接受不了自己梦想的破灭。

我姐姐终于离家出走了。我爸在门口放了一捆麻绳，说只要我姐踏进家门，就勒死她。可第二天，他又跑去电视台发寻人启事、去公安局报案。

我妈则把全部过错归结为“男人是祸水”。那段时间，只要我姐看言情电视剧，我妈就会骂她，平时给她做的漂亮衣服也都收起来了，对于我姐的那个小男友，她更是极尽诋毁。我们是在厂矿学校读书，大部分同学的父母都彼此认识，我妈在路上遇到那个男孩，回来对我姐说：“我今天看到那个‘小瘪三’了。”这个词是我妈从对面上海邻居那儿学来的，在她看来，用上海话骂人，威力更强。

我父母所做的一切，是为了挽救他们认为已经失足的女儿，然而恰恰相反，他们的每一个行为，都坚定了我姐要跟那个男孩一起浪迹天涯、不愿意继续学业的决心。她觉得在这个世界上，能够理解她、接纳她的，只有那个男生。

那两年，我们家闹得鸡飞狗跳，我姐终究没有回头。父母只好转头去为她联系技校、找工作。虽然她最后没能跟那个男生在一起，但她之后的历任男朋友，包括后来的姐夫，都是我父母看不上、不喜欢的。

当我姐的事情终于尘埃落定时，我又到了青春叛逆期。心里总有一团火苗在熊熊燃烧，时常在午睡后醒来，看到窗外阴沉的天空，便觉得生活无比绝望。

青春期的孤独仿佛注定要搭配一个浪子。初三的时候，我与班级里最顽皮的男生打成一片，我们反抗一切权威，主要是那些代表权威的老师。我与我姐不同。我姐是活在琼瑶小说里的人，她所争取的一切都是为了爱情。而我是活在金庸小说里的人，路见不平一声吼，哪里不平踩哪里。

因为觉得某位老师歧视我们，便怂恿同学罢考他的那门课；因为觉得教导主任对我们班不公平，与他互怼，差点被取消期末考试资格。因为这些事，我爸三天两头被请到学校。然而，从学校回来，他最多说一句：“你这样下去，将来只能扫大街了。”

高二，我开始谈恋爱。我妈嫌弃那男生个子矮，痛心疾首。父亲竟然淡定地对我妈说：“放心吧，成不了。”

我忽然意识到，经过与我姐的斗智斗勇与节节败退，我的父母已由不服输、不服软的黄老邪，变成了慈眉善目、老谋深算的洪七公。

后来我看了很多有关青春期心理学的书，深深地为自己感到庆幸，也为我姐的不幸而心疼。

父母也是第一次做父母。在没有育儿启蒙、不知道心理学为何物的年代，一个孩子的成长有时候要靠运气。姐姐是父母教育失败的牺牲品。从这次失败中，我父母无意中吸取了教训，给了我成长的空间。使我与父母免于激烈的对抗与斗争——而那些激烈的对抗，就像海潮，不知会将一个青春期的叛逆女生推向何方。

如今，我只要看到好吃的东西和好看的衣服，就买来送给我姐。我经常想，如果我是姐姐，她是妹妹，我会不会也在那个因为考试成绩不好而在众人面前挨打的下午，决定去过一种不在乎任何人的目光的生活？

我想我会的。

如果父亲那样对待我，姐姐的选择也是我的选择。我们之间的不同，不是谁比谁天生具有更多的优秀基因，也许只是命运的翻云覆雨手。

爸爸妈妈，请你们做合格的父母

倪一宁

我的父母都是老师，每年 6 月当高考结束后，我都会听到很多励志故事。

我爸爸从前有个学生，每天 9 点晚自习结束，回家继续温习功课。

她妈妈会端一杯温牛奶放在她的书桌上，然后就坐在旁边的椅子上看书。

我爸很受触动，我却觉得她妈妈像监工。

我有个远房亲戚，是我童年的噩梦。

她的父母都是知识分子，从她小学开始，就辅导她做奥数题。

尽心尽责到什么程度呢？她七八点就睡觉了，她父母会继续坐在桌子旁讨论题目，寻找最优解法，然后第二天讲给她。

她初中和高中一共上了 5 年，中间跳了一级，以全校高考第一的成绩进了清华大学。

她妈妈介绍经验说，整整 5 年，自己没有任何娱乐，一下班，就是陪读。5 年里，她放弃了无数次出去游玩、考察、晋升的机会，但现在想一想，完全是值得的。

我妈妈前两天跟我道歉，说对不起我。

她让我看她的手机，她同事的女儿正在读高三，她的同事每天早上 6 点起来，换着花样给女儿做早餐。

我妈妈语气很真诚，她说："对不起啊，你高三的时候，我们都让你一个人住，你上完课还要自己去超市买牛排煎。我烧的饭也不好吃，好几次让你带去学校的粽子，里面都没煮熟……"

我突然就挺感慨的，感慨什么呢？就是父母心目中的"对孩子好"，跟我们真正想要的"好"，差得好远。

真的需要这么拼吗？我怎么觉得，合格的父母只要管好自己就够了。

我小时候就是经常一个人待在家的，但也没觉得压抑，父母走了，我可以随便看电视，还可以拿书柜上层的小说看。

那时候我们邻居家的几个妈妈都是家庭主妇，而我妈妈三天两头出差。

但我一点儿也不觉得难过，因为七八岁的我就已经发现，虽然我妈妈最忙，可是我妈妈最漂亮，而且一点儿也不啰唆，不会一天到晚捏着我的袖子，质问我为什么没有穿棉毛衫。

我没有轻视家庭主妇的意思，我想说的是，父母没有义务为孩子创造一个无菌环境，对子女最好的教育，其实就是经营好自己的人生。

当然，能给孩子创造更好的环境是一件好事，可是父母和孩子是完完全全不同的个体，父母没必要为了孩子完全放弃自己的生活。孩子继承了父母的基因，父母和孩子很荣幸地一起朝夕相处十几年。仅此而已。

孩子一定要去经历属于他的独一无二的人生，父母给再多的锦囊妙计，也不能免去一切灾难；父母给孩子用钱铺路，也铺不到终点。

其实我们希望父母做的，不过是走在我们前面的时候，挺直腰杆，做好榜样。当落在我们后面的时候，能够告诉我们，他们能照顾好自己，让我们勇敢快乐地前行，替他们去看更壮阔的风景。

儿子“采访”我

梁晓声

儿子上个星期的一项作业是采访父母。妻子上个星期几乎每天加班，不加班便上夜校，只得由我来接受“采访”。于是我和儿子之间，有了如下一次较为特别的谈话：

“你是哪一年下乡的？”

“这还用问？”

“不问我怎么知道？”

“1968 年。”

“哪一年上大学的？”

“1974 年。”

“哪一年毕业的？”

“1977 年。”

“你经历过坎坷吗？”

“经历过。”

“说说。”

“这还用说?”

“你不说我怎么会知道?”

……

我凝视着儿子，觉得他是那样陌生。或者反过来说，他怎么对我一无所知似的？他要了解他问的那一切，是多么简单！家里书架上陈列的，几乎每一本书脊上印着我名字的书，上面都有我的简历。从我的许多篇小说中，也都能看到他老爸的身世。而他从来没有摸过我写的任何一本书。那些书对他来说仿佛根本就不存在。他甚至远不及别人家的孩子，比如朋友或邻人的儿女们对我的大致经历都有所了解。

有一次，我无意中听到他和他的几名男同学背地里如此谈论我的书：

“你爸爸可真写了不少书。”

“你别翻他的书!”

“你喜欢看吗?”

“我为什么要喜欢看他写的书?”

“借我一本看看行吗?”

“不行!”听来他似乎生起气来了。

“你干吗这样牛气呀？他这些书迟早会过时的!”

“他的这些书已经过时了！以后我也不看他的书。世界上那么多经典还看不过来呢!”

没想到，我以近20年的精力和心血所获得的创作成果，在他眼里似乎皆是没有什么意义、仿佛一文不值的东西。

“你对你至今的人生满意吗?”——儿子继续“采访”我。我回答:“谈不上满意不满意，我的人生已经这样了，我习惯了。”

“假如有一件最使你高兴的事，就目前而言那可能是一件什么事?”我几乎是恶狠狠地回答：“你的学习成绩又前进了5名!”儿子目不转睛地看了我一阵，淡淡地说：“我的采访结束了，就到这儿吧!”

我意识到，我深深刺伤了儿子的自尊心。正如儿子也深深刺伤过我的自尊心一样。于是我联想到王朔的小说《我是你爸爸》。进而又想，有一个多少具有点儿叛逆精神的儿子，也好。这样的一个儿子，时刻提醒我，我只不过是一个初二男生的父亲。除此之外，也许我什么都不是，更没有任何可得意的资本。儿子在家里教我夹起尾巴做人。

当爸的感觉在现代变得越来越粗糙而暧昧了啊!

像浣熊的妈

沈嘉柯

1. 如何用一句话形容你的母亲？

我觉得她特别像浣熊，必须把屋子里的各种东西弄得干干净净、整整齐齐。

2. 你的母亲从事什么工作？你怎么看待她的人生？

工作经历太丰富了。她当过国营单位食堂的厨子，做过面条厂的女工，还做了十几年办公室出纳。人生经历多，一肚子各种各样的职场故事。她最常说的一句话是："可惜我那个年代女孩不让多读书，不然早就写出一大本故事了。"有一次，我帮她记录了一个故事，没找关系，也没给她润色，直接将稿件投给报社，居然真的发表了。

3. 小时候，你和母亲在一起的时间多吗？一般是在怎样的情景下？

我小时候是爷爷奶奶带大的，少年时期才回到母亲身边。父亲常年出差，她要上班，我得上学，一般就是晚上回家吃饭时见面。有时候她在面条厂加班到深夜。她回家时，我听见脚步声就醒了，她就给我做个猪油蛋炒饭当夜宵，满满的幸福。

4. 成年后你和母亲在一起的时间多吗？

不多。我在武汉、广州、北京跑来跑去，平时她基本上就是给我打电话聊聊天。不过她挺能克制的，三五分钟主动挂断，从来不在电话上唠叨太久。以我对她的了解，她大概是嫌打电话要花电话费。

5. 母亲是一个擅长交际的人吗？这对你产生了怎样的影响？

邻居家换了新主人，她三分钟就跟邻居聊上了。这对我没啥影响，我性格内向，不喜欢跟陌生人说话，没遗传到她的社交本事。

6. 你的母亲会严厉管教你吗？喜欢唠叨吗？

我觉得她内心是严厉的，不过她非常擅长笑眯眯地给人讲大道理，算是说教者之中不可多得的高手。她可以一个人滔滔不绝地讲三个小时，诲人不倦，入情入理。这一点给了我极大的影响，我写文章也擅长娓娓道来，说故事，讲道理。

7. 第一次感受到母亲保护你的情形还记得吗？第一次离开母亲是什么时候，怎样的心情？

记得，我幼年在水井旁边玩耍，她悄无声息地挨近，一把抱开我。我去外地上大学，挺想念她做的菜。

8. 你的母亲与父亲是一种怎样的相处模式？

相互看不惯，有时吵架，有时温柔，有时说笑，但决不离婚。挺佩服他们的。

9. 遇到挫折时，你的母亲是如何面对的？当你自己遇到问题时，是否参照了母亲的解决方式？

她遇事越挫越勇。我完全参照不了她，因为我特别怕麻烦。

10. 你的母亲在你心中是个什么形象？

我小时候觉得她是心思细腻的慈母。结果我长大了，她回忆往事，20 世纪 70 年代全民大练兵，她还摸过抢。打靶的时候别人都惊慌失措，不敢扣扳机，她非常淡定，“啪啪啪”打完子弹。多年后还跟我吹牛：“管它中不中靶心，至少过瘾了。”这么一比，我自愧不如。她的个性其实有点像现在说的“女汉子”。

11. 你的母亲最擅长做的事是什么？

一度我以为是清洁整理术，或者做菜。直到我意外看到她青春年少时绣的花鸟鱼虫和猫咪，才知道她擅长美术。

12. 你觉得母亲对你影响至深的是什么？她对你的事业或婚姻有过什么具体建议吗？

她的口头禅是将心比心。做人的一贯原则是靠自己最牢固。两代人要相互照应，但各过各的。

13. 你考虑过要小孩的问题吗？如果有了小孩，你会像母亲对你一样对待他（她）吗？

想过要孩子。肯定没有我母亲这么费心。

14. 印象中与母亲共度的最快乐时光是怎样的？

她特别爱吃，懂吃，做菜的手艺超级好，得到亲朋好友的一致好评。基本上我跟她在一起最开心的时间就是吃饭。她有时候会自己倒腾一些新花样，有一回拿豆豉炖章鱼，再加嫩豆腐和葱花，吃肉喝汤，浓香鲜美，勾魂夺魄，搞得我那些作家朋友至今大流口水，念念不忘。

15. 你的母亲看你写的东西吗？她如何评价？

她一直夸我写得好，其实她都没怎么看过。她的视力早就退化了。感谢她给足了我面子。

16. 你觉得你的母亲快乐吗？你觉得你像母亲的地方多吗？

大部分时候她能自得其乐，挺坚强。柔软脆弱的时候，陪陪她就好了。我像她的地方挺多：鬈发、容易吃胖、深情。

17. 最想为母亲做的一件事？最想对她说的一句话？

我特别想让她闲着。但她闲不住，心慌，非要上班找事做不可。她说如果我中彩票了，她就彻底退休养老。

我最想对她说的是，我会坚持买彩票的，如果中奖了希望她说话算数。

然后，等我赚了一百万，就骗她说我中奖了。

你是我爸爸

乌　冬

1. 你从来没有在文章中表达过对父亲的崇拜和景仰之情。你会怎么形容他？

刚到法国的时候还需要上语言课，为了练习一个语法点，老师让我们造句："如果我的父亲是一个演员，他会是……"班上各国的学生都"挺不要脸"，说出很多大明星的名字。轮到我了，我说："如果我的父亲是一个演员，他应该很难成名吧。"在我的心目中，父亲是一个可以开玩笑的人。

2. 你出生时，父亲处于什么年龄？他是什么职业？

我出生时，父亲25岁。他可能是商学院的一位老师，也可能已经下海了。天哪，这么年轻就当上了我的父亲！我都有点同情他了。

3. 小时候，你和父亲在一起的时间多吗？一般是在怎样的情景下？

不多。一般只有在母亲出差的时候，我和父亲才会长时间待在一起。时间不长，每次两三天，但是我们一起做的事情非常释放天性。

乱丢衣服、袜子，吃垃圾食品，无限制地看电视。人家说女儿是父亲上辈子的情人，可我觉得我们上辈子应该是室友。

4. 成年后，你和父亲在一起的时间多吗？一般是在怎样的情景下？

成年后，我就去外地上学了。去的地方越来越远，和家人在一起的时间也越来越少。我和父母彼此都快速地接受了这个事实，情绪因此比较稳定。但是不舍和想念肯定是有的。每次假期刚回家的时候，气氛和谐得宛如度蜜月。父亲有时候就站在我的房间门口看着我，带着非常满意的神情，就好像我是一件贵重的家具。

其他时间，父亲还是比较忙的，忙着工作，也忙着娱乐自己。他偶尔会给我买果冻，结果自己吃得比我还多。果冻是我小时候喜欢吃的东西。他记住的都是我小时候喜欢的东西。爸爸会说：“我老觉得你还小呢！”

5. 父亲是一个擅长交际的人吗？这对你产生了怎样的影响？

老实说，不知道。我没怎么见过父亲的朋友，只知道他很喜欢打桥牌，也很喜欢下围棋。他可以整夜地打牌，也可以整夜地研究围棋。这些偶尔也会成为交际的工具。我觉得要赢一个游戏很难，要输一个游戏也很难。这直接导致了我从来不碰这些东西。我的智商就那么点儿，我要好好保护它，避免它暴露。

6. 在家庭教育方面，你父亲担当的是怎样的角色，他主要负责教育你什么？属于“严父”还是“慈父”？

在家庭教育方面，父亲主要承担的是“被教育”的角色。按照母亲的说法，我的懒惰、随性以及一切缺点和坏习惯，都是写在父亲遗传给我的 DNA 里的，抠都抠不掉。不过他好像对一切指责都乐于承认，甚至还有一种莫名的骄傲。

有一年夏天，我不慎得了脚气。母亲对我说："都是因为你不讲卫生。"一直在旁边看电视的父亲却拍拍我的肩膀，说："没关系的，女儿，爸爸也有脚气。"

说真的，爸，是不是你把脚气传染给我的？

7. 你父亲与母亲是一种怎样的相处模式？

母亲是晨型人，父亲是夜型人，所以大概是太阳和月亮的相处模式吧。总体来说，他们都很热爱生活，只不过母亲热爱的是充实奋进的生活，而父亲热爱的是闲散舒适的生活。但是他们都非常支持对方去追求自己的梦想，这是让我觉得最难得的一点。虽然他们都分别创业失败过几次，但还是保持了良好的心态，屡败屡战，真的非常难得。

8. 在遇到挫折时，你父亲是如何面对的？当你遇到问题时，是否参照了父亲的解决方式？

父亲是摩羯座，非常能忍。我想他遇到过许多挫折，但是从来不说。他还是半夜回来，打开电视，开始看围棋节目。而我就算没有遇到挫折，也万万不会去看围棋节目。

9. 你觉得你父亲快乐吗？你觉得你像父亲的地方多吗？

我觉得"你快乐吗"不应该是一个问题。人有好的时候，也有坏的时候，就看常常想起来的是什么时候。我现在常常想起在家吃饭的时候，父亲吃饭特别快，感觉是用肺活量在吃饭，直接把食物吸进胸腔。看他吃饭那么香，周围的人吃饭的速度也提升了。当然，也是因为母亲做的菜很好吃。这时我就觉得父亲是很快乐的。

我吃饭也香，上小学的时候，有个班主任专门停下来看我啃鸡腿。

10. 你父亲最擅长做的事是什么？他对你有过什么期望吗？

我觉得父亲的嘴比较甜。明明是母亲在开车，他却说："老婆，我带你去游山玩水。"他对我提出过非常具体的建议，特别是关于专业、工作等方面的事情。但是我若坚决不听，他也拿我没什么办法。因为他对我最大的期望，应该还是希望我做一个幸福的人吧。

11. 你觉得父亲对你影响最深的是什么？他对你的事业或婚姻有过什么具体的建议吗？

在很多方面，我还是很像父亲的，当然也像母亲。由于是亲生的，因此有时候不太分得清到底是"影响"还是"遗传"。他对我事业和婚姻上的建议，远没有对我服装和品位上的建议强势。父亲非常喜欢给我买衣服，有时候他出国旅游时还发信息："女儿，我给你带回来一点时尚元素。"

无奈，我的一身文艺风格在父亲眼里太随便、朴素，不像个女的。他给我挑选的衣服也总是游离于我的审美标准之外。他为了这事专门找我谈过，问我为什么不常穿他给我买的裙子。

"那条裙子啊，好显胖啊，根本不适合我。"

"你自己胖就算了，为什么怪裙子！"

12. 如果有了小孩，你会像父亲对你一样对待他（她）吗？

木心先生说："人生就是时时刻刻不知如何是好。"何况是生一个人啊！我不知道自己会成为一位怎样的母亲，但是我想我一定会变得更坚强。希望我的小孩也坚强一点。

13. 你最想为父亲做的一件事是什么？最想对他说的一句话是什么？

想回家，一起坐在沙发上看电视。想告诉他："如果不小心看到这篇文章，只许笑，不许生气，不许哭。"

母亲的《新华字典》

黄小邪

影视公司邀请我给《楢山节考》写影评。电影讲述了生活在偏远村落、年逾七十的主人公阿玲为减轻子孙负担，带着信仰主动进山祭祀的故事。我打算找母亲聊聊，寻找一些灵感。

我告诉母亲，让她抽空与我聊聊电影，这是我第一次邀请她聊电影。我们生活在同一座城市的南北两处，她与父亲经营花店，我专职写作，我们每月见面，却不聊工作。一小时后，母亲推开了我工作室的门。“我把店关了，来和你聊电影，我通过手机导航找过来的，你这地址还真不好找。”她得意地钻进屋内。

我盯着电脑正在查资料，示意母亲自己去冰箱里找点水喝。她从厨房端出一些水果后，又将我那堆杂乱无章的书籍按照体积大小码放整齐，心满意足地看了看，又摸了摸。我告知她问题已经解决，不再需要她的意见，她用裙角拭干洗过的手，失落地坐在我面前。此刻矮小的她，像搞不清楚作业错在哪儿的孩子。

“这部电影，我上次都下载看过了，说不定能给你一些新的灵感。”“说好了和我聊，怎么又不需要了呢？再说了，哪有作家说话不算话的嘛。”她这一讲，竟让我有些难过。因为母亲的文化程度不高，而我恰好从事文创工作，所以从不与她聊工作，更别提征求她的意见。这次我只是随口一提，显然她很认真。“那你讲讲你的感受吧。”我说。

母亲本该是有文化的，只是她在小学一年级的课堂上被外婆喊回家照顾弟弟妹妹，自此再未进过学堂，傍晚同村的孩子放学回来，她便难过地藏进屋子。母亲常埋怨，外公作为知识分子，却不让她念书，当她因为没文化而错失许多机遇时，便发誓不再原谅外公、外婆。但是嫁给父亲这些年，娘家稍有点事她还是会飞奔回去，得知一切平安后，她又会云淡风轻地回来。

前年，外婆查出胃癌，母亲时常偷偷垂泪，怨自己尽孝不周，她将家中所有积蓄交给外婆治病，又叮嘱我们要多开导外婆。在母亲与舅舅、姨妈的悉心照料下，外婆病愈出院，母亲又自作主张地带她与外公出去旅游，说是想让老人多看看外面的世界。她从未学过“子欲养而亲不待”，却比许多学过的人做得更好。

自那以后，母亲很少提及念书的事，外婆也不提，大概这是个彼此心照不宣的痛处，任由时间打磨、平复。但母亲对一切关于文化的事情，有着特别的喜爱与尊重。有一年，我去山区支教，她从积蓄里拿了一些钱，让我转交给学生买书本，并特别嘱咐我要用心教导他们。母亲也喜欢随我一起逛书店，泡图书馆，她像小尾巴似的跟在我身后，我买书，她付钱，我看书，她就安静地坐在角落看着我读书。

我也曾不认真念书。记得一年级时，有次考试成绩糟糕，我见母亲不识字，索性冒充她在试卷上签字。母亲得知后，没有打骂我，却笑着对我讲："所以你要好好念书，不然以后你的孩子也会这样欺负你。"见她眼角湿润，我恨自己不该扎母亲的心。后来，我常听母亲得意地自嘲，文盲母亲教育孩子全靠天相助。

念中学时，我用零花钱买过一部《新华字典》送给母亲。彼时，她和父亲共同经营着杂货铺，有时需要协助父亲进货及零售。赶上父亲外出进货，逢人赊账她就头疼，倒不是因为钱，而是她怕记账，因为多数名字她都不会写。有了字典，母亲隔三岔五地找我和弟弟"学习"，寒假结束，她兴奋地告诉我们："我会写一百多个新字了。"直到今天，那部字典还一直被她带在身边。

几年前，父亲遭遇车祸，在 ICU 里昏迷了七天，苏醒后，丧失劳动能力，家就要垮了。母亲带着我与弟弟在医院食堂吞下一碗清汤面后，强势规划我们的将来，不顾亲戚反对，她要求我与弟弟继续读书，各自考研、进修，家里的事情都交给她。平日就喜欢侍弄花花草草的她，用两个月时间学完了本该学习一年的花艺教程，又找亲戚朋友凑钱租了间店铺。跌跌撞撞中，她的花店在城市一角开张了。讲实话，我以为她会撑不下去，她识字不多，文化程度不高，对电子产品不熟，营销手段一窍不通，年纪摆在那里，就连普通话也讲得不标准。在这个城市中，她开花店毫无竞争力，艰辛可想而知。

可没想到，母亲一边照顾父亲，一边将花店开得风生水起。那几年，花店支撑着我家的全部开支。只有在遇到非常棘手的订单与挑剔的客户时，她才会寻求我们的意见，有时不忘自嘲一句："我的经验和《新华字典》解决不了的问题只能找你们了。"开始的几年，我们很乐意主动询问花店的情况，毕业后，我成为一名写作者，弟弟做了设计师，时间宝贵，自顾不暇。当许多母亲攀比孩子的车与房时，她自豪的是，她的儿女有文化。近几年，我与弟弟的生活重心都在别的城市，能与母亲聊天的时间就更少，每次回去看母亲也是来去匆匆。偶尔聊起她，邻居和客户总要夸赞几句，譬如心思澄明，譬如豁达乐观。显然，大家喜爱她、佩服她。近年生意不景气，我也曾劝她关掉花店，她说什么也不肯。有一次，母亲找我借钱为了付进货尾款，我问："人家是否催款？"她说："不要等人催，会难为情，况且人家也不容易。"母亲固然没有很高的文化水平，却总做着让我钦佩的事情。

我整日忙于采访、编剧、拍戏，很少与母亲在一起，离家时带走一箱子干净衣物，忙完再带回一箱子脏衣物。若不出差，我往往待在自己的工作室，周末偶尔带她与父亲一起吃顿饭。有时见我不忙，她便递上自己带的书，请求我读给她听。身边的人倒都挺喜欢她，我偶尔带她赴朋友的宴席，见我们唇枪舌剑，她坐在我身边默不作声，有时也能语出惊人。

见我写不出东西，母亲会不知所措，默默在杯中续满热水，再悄悄关门出去。过几天，她对我说："写文章也像做人，有话就长，没话就短，实在写不出，就歇一歇嘛，不要放弃。"见我情感受挫，母亲不知所措，轻轻拍我的肩，再偷偷别过脸去。过几天，再说："不要迷信事事顺意，只要对自己所付出的感情问心无愧就好了。"好像我在书中读过的种种晦涩的道理，她总能轻易道出。

是该庆幸自己有这样的母亲，永远朴素、能够共情。倒是我，念过那么多书，不及她万分之一。

妈妈是棵洋槐树

蒋　曼

我讨厌我妈妈。

有一天洗澡的时候，我看见她臃肿的身体，毫不客气地说："我以后绝不会成为你这样的妈妈。"那时，我带着青春的锋利，如同不肯受驯化的小兽。妈妈正忙着给我抹香皂，她连眉毛都没有皱一下："转过去，搓背。"我妈妈坚硬得像礁石，对于我的挑衅，连理睬的兴趣都没有。她向来我行我素，拒绝成为文学作品中那些温暖、温柔的妈妈。

初中时，当我读到冰心的软语温言："母亲啊 / 你是荷叶 / 我是红莲 / 心中的雨点来了 / 除了你 / 还有谁是我无遮拦天空下的荫蔽？"我愤怒而痛苦地发现，我妈妈永远都不是会荷叶，她是洋槐，浑身长满了刺，刺得人满身、满心的疼痛。

成绩考差了，她痛骂我太懒惰；生病了，她责怪我照顾不好自己，不像医生的孩子；她上夜班，我也必须关灯睡觉，怕黑是多么荒谬、可笑。她的逻辑古怪又固执，规矩更是严格到苛刻：牙膏要从尾部开始挤，所有的盖子摆放时一律朝上，上床后拖鞋尖必须朝外。我7岁会煮饭，9岁会剖鱼，她还是不满意。慢慢地，我学会了服从，也学会了反抗。我在高三每一天的题海中愉快地挣扎，因为想到上了大学就可以离开她。

我以为我这辈子可以不像她。多年后，生下女儿，在生活的左突右冲中，我成为笨拙而慌乱的妈妈。当每一个潦草而疲倦的白天结束，当臂弯里孩子均匀的鼻息轻轻传来，在黑夜的深处，我记起了那些我曾经努力忘记的过去。

我以为她生来就该是妈妈，慈祥的妈妈，温柔的妈妈。我忘记了她曾艰难地成长。一个破落家庭的长女，在歧视与饥饿中长大，靠着聪明与勤奋，考上中专，有了工作，却还要面对各种恶意和挑战。妈妈学会了战斗，用所有的泼辣与强悍，无畏地战斗，就这样一路横冲直撞碰上了我。这时的她，已经不会温柔地说话。我的妈妈没有生活在湿润的江南，她一生也不会成为风姿绰约的莲花。在贫瘠与艰难中，在粗粝的山风中，只有坚韧的洋槐才能生长。18岁，在外工作，生平第一次杀鸡，鸡跑了，她哭了；给别人接生时，她自己还是孩子，吓得手脚发抖；外婆去世时，她带着两个年幼的孩子在外地工作，只能拿着信纸，背对着我们抽泣……

不过，她不会承认这一切。我的妈妈，迅速学会了与生活周旋。我罩衣胸前的花是她细细密密绣上的，那些曾经只能出现在梦里的荷花；我童年受到欺凌，是她挡在我前面，虽然她的粗鲁让我尴尬；她冒着被婆婆责骂的风险，用半个月的工资给我买了第一条连衣裙，让我在整个童年都能单纯地欢笑；她订的《小说月报》总被我们看旧了，扔在角落，我偶尔瞥见过她在阳光下温柔而平静地捧读。旧照片中文静而温柔的她，还是豆蔻年华。

岁月静好的背后是强悍、尖利的妈妈。我错过了她的娇美，错过了她的鲜润。狭路相逢时，桀骜不驯的我和五大三粗的她，如戏台上的武生过戏，没有对话，直接交手。直到如今，后知后觉的我，独立、倔强就像当年的她：起居有度，敢说敢打，受伤时默默地哭，哭后认真地笑。

妈妈，所有的时间都被保留，可是我只记住了洋槐的刺，却忘记了这么多年，每一个春天，它那洁白、芬芳的花。

我的爸爸叫明诚

师丽军

1

你小时候有没有怕过黑?

我从未惧怕过黑。因为明诚告诉我，在黑暗中，他的影子会保护我。明诚不是别人，是我爸。

4 岁那年的某一天，我在胡同口玩石子，路过的大人指着我的脑袋说:“这就是那个疯子的女儿。”我听了很伤心，就跑回家哭闹。当晚，整条胡同都是明诚的哭声。

明诚患有间歇性精神分裂症，当年我母亲因为出身山区才愿意嫁给他。我们一家三口虽住在同一个屋檐下，但我和母亲都不明白他脑子里每天都在想些什么。他的形象在我幼时的记忆中永远是手捧一本书，看得如痴如醉。有时他把自己当作书中人，向我们行礼；有时他又把我们当成书中人，抬手就打。我和母亲最怕他一旦没书看，就跑到外面抢书，闹得整条胡同都不得安宁。人们围着他，看他疯狂地原地转圈，以头撞地，就好像在看一只滑稽的猴子。

而他正常的时候，也不会为家里做什么好事。每次单位发福利，他总是最后才去领，即便有好心的干部先送来一份给母亲，人也会被他赶走。他坚持要最后拿。“谦恭有礼，是读书人的做人标准。”他说。他以为这样别人就会尊重他，尊重我们家，但事实根本不是这样。

有一天，学校里的男生不知为什么突然把注意力投向我，他们围着我大叫：“她爸是疯子，她是女疯子。”我去抓他们，他们就一边跑一边大喊：“女疯子来喽！”

我追来追去追不到他们，终于累得坐在地上大声哭喊，把手边的石子乱扔一气，不慎把一个男生的头砸破了。

当天，那个男生的母亲就找上门来，嚷嚷着要把我们全家都关进疯人院。我站在屋里恐惧地大哭。明诚立刻犯了病，他冲出去，哭着把自己的头往墙上撞，血顺着墙壁往下流。人们惊得说不出话来，那个男生的母亲也偷偷溜走了。

这件事过后不久，母亲就带着我离开了家，我们穿过整个城市搬到了很远的地方。而后母亲便改嫁给一个木匠，我叫他叔叔。

2

一年后，当我对“父亲”这个词的概念已经模糊时，明诚找到了我们。

母亲依然对他心存芥蒂，态度冰冷，甚至不准我叫他爸。他却卑微而讨好地对我笑着说：“叫明诚就好，叫明诚就好。呵呵，你长高了呢。”

后来，我知道他在附近开了一个很小的书店，收入微薄。但每周他都会给我买东西，我还是叫他明诚。

在我眼中，他与其他男人不一样，他的眼神澄澈而安静，泛着那种鸽子羽毛般的灰色。他从来不对我大声说话，也不会用命令的口吻叫我做什么。很多次我看着他用修长的手指翻动那些书页，怎么也不能把他和当初那个疯癫的男人联系到一起。

他变了。在我眼中，他甚至变成了另外一个人。他是文质彬彬、友善安静的明诚，而不是那个会用头撞墙、痛哭流涕的父亲。我喜欢在阳光温暖的午后去书店找他，坐在他腿上听他讲故事。每次他看见我来，就会高兴地从口袋里掏出一块糖说："家怡来啦！"我仰头看着他白净温厚的面容，也很高兴地答一句："我来看你啦！"他笑笑，蹲下来为我擦总是脏着的鞋子。

母亲生下弟弟以后，很少有空照管我，我便常常只在晚上回家睡觉，其他时候都待在明诚那儿。他开始教我读书，读他店里文字略显晦涩的世界名著与中国古代经典。他带我进入了他的世界，那里绅士淑女们彬彬有礼，大儒先贤们释疑讲道，世界在我眼前豁然开朗。我开始崇拜明诚，他比我的任何一个老师都要博学。

有一次开家长会，我没有叫母亲，而是叫了明诚去。那天他穿了一身干净整洁的衣服，坐在我的座位上认真地听老师讲话。同桌问我："他是你爸爸吗？真斯文。"

明诚发言时用词讲究、大方得体，从家长中脱颖而出，为此我感到很骄傲。我甚至开始感到不解，母亲当初为什么要离开明诚。我提出要搬到明诚那里住，我要叫他爸，我说："他是我爸！"

"他是疯子！"母亲说完，再不愿理我。

3

初二，老师推荐我参加一个作文大赛，我的作文获了一等奖，我因此有机会转去一所重点中学念书。但学校离我家很远，要住校。母亲嫌开销大，不同意。我告诉了明诚，他当即去找母亲。也许那时母亲已把全部精力放在弟弟身上，也许她怕明诚会大闹自己的新家庭，总之那天以后，我就搬到书店楼上的一个小房间。而我所有的支出由明诚包揽，再也没有人能以任何理由阻止我叫他爸爸了。

但此时，我已经习惯叫他明诚，而他也从不纠正我。尽管他一直尽着一个父亲该尽的义务，并为此一天天衰老下去。

我曾摸着他的皱纹娇嗔道："明诚，你看起来好老。"我也为小事和他争吵过，冲皱着眉头的他大喊大叫，但最后他都是笑着原谅了我，淡淡地念叨："青山本不老，为雪白头；绿水本无忧，因风皱面。"

中考结束那天，我本来应该回家和明诚一起吃饭，但是同学叫我出去庆祝。我们一直闹到晚上 10 点才结束，明诚怎么也找不到我，对我的极度担心使他时隔多年再一次犯病。据说他到处找我，在街上大闹，还撕扯着自己的头发，用头"咚咚"地撞墙。

我赶去医院时他被打了镇静剂，嘴里说着胡话，手在空中乱抓，与平时判若两人。我很害怕，根本不敢靠近。

明诚接受治疗的几个月间我心如刀割，怎么也不能接受那个久远的"恶魔"又回来了。而他的"事迹"更被人传到我的学校，走在路上，我总觉得有人在议论我，议论我那疯癫的父亲。

出院后，明诚第一时间就来看我，而我站在人流密集的校门口，连对他亲热一点的勇气都没有。相识的同学问我：“这是你爸？”我只是摇摇头。明诚依然笑着，面容憔悴，眼睛却闪着光亮。他温文尔雅如初，我却再也无法像以前那样对他。我忘不了他犯病时可怕的样子，我担心他随时会在大庭广众之下再来一次，那我就羞臊死了。

好在我住校，很少回家。偶尔的几次相见，我也是沉默寡言，除了要钱，没有多余的话。而明诚为了和我多说几句、多见几面，竟开始疯狂地挣钱。他去许多学校推销辅导书，一个人进货，将大捆大捆的书搬来搬去。他那从没干过重活的手在半年之内磨出厚厚的一层老茧，而且他每天都睡眠不足。

终于，他病倒了，精神病也再次发作。当我在医院里见到他时，他头上、手上都是绷带，嘴角歪向一边，面目颇为狰狞。

我跪在他身边大哭起来，以为他要死了。那一刻我才感觉到他已经是我的天，是我唯一的依靠。我什么都可以没有，就是不能没有他；全世界都可以抛弃我，唯独他不可以。

4

18岁，我考上了大学。临行前的晚上，我第一次下决心和明诚说起他的病。此时我已知道当年他是书痴，高考时因数学零分未能考上大学，从此患上了间歇性精神分裂症。对于此病，他既不能控制，也没有记忆。

我请他今后遇事先努力平静下来，不要钻牛角尖，如果情绪无处宣泄就给我写信。医生跟我说，只要精神不受刺激，好好休息，明诚是不容易犯病的。

他听后，愣愣地看着我，眼泪从他皱纹密布的眼角滑下来。我哭着说："你不是疯子，你是我爸爸。"

那天，我和明诚在灯下对坐，一夜未眠。

大学毕业后，我去过许多地方，见过许多人，但是每当难过或者高兴的时候第一个想起的，总是他。我每次回家，明诚都坐在店门前，像当年那样等我。正午的阳光洒在他身上，沉静，安详。

那一刻，我看见时间从我们身旁呼啸而过，我仿佛回到 4 岁时的某一天，他抱着我指着自己的影子说："爸爸的影子会在黑暗中保护你，你看不见它，是因为影子也是黑的。"

父　亲

张悦然

父亲，他的形象也许还是早些年坐在竹藤沙发上沉默的年轻男人，穿着白色衬衫和墨绿色的毛线坎肩，微卷的头发里泌出一层油膏。

那时我 11 岁，我们搬了新家，养了两只猫。其中一只离家出走，再也没有回来。那时父亲还在大学教书，有一些自由的时间。等到暑假，我和他两个人整日都待在家里。我在房间里看书、做暑假作业，他在客厅里翻报纸、看电视。他很少进来看我，我却总要走出去，抱一抱猫，看看他在做什么。为了延长待在客厅里的时间，我会取出大筒的冰激凌，与他分着吃。我们只是默默而专注地吃。

日复一日，我们吃了一筒又一筒的冰激凌，却从来没有说过什么话。可我好像一直都在等待，等待有那么一天，在我拿着空空的冰激凌筒起身的时候，他会忽然喊我坐下来，与我交谈——以成年人的方式。在那些西方小说和电影里，父女之间总会有一场这样的谈话，影响之深远，甚至将女儿的一生都改变。我希望被他改变，我知道他可以做到，他只是不想。他给我的，是一个完全空白的生命。那个夏天，我很想做些疯狂的事来引起他的注意。可是我什么也没有做，安静得像那只总是蜷缩在沙发上睡觉的大白猫，忠诚如它，守着这几间潮湿的屋子，哪里都不肯去。

偶尔有朋友来找他下围棋，但 11 岁的我，已经不能像小时候那样，依偎在他的怀里，把棋子把玩得温热，坚持说这样是把自己的好运传递给他。我变得很腼腆，只是走出去，礼节性地问候客人，在棋局旁边站一小会儿。我喜欢看他下棋，较之对手，他的神情显得更加平静。有时候我在房间里听到棋子哗啦啦地响，知道一盘棋结束了，就立刻跑出去。父亲还是那副神情，完全看不出输赢。“谁赢了？”我总是忍不住问。围棋或许算是父亲唯一的爱好，但他并不沉溺其中。若是没人主动邀约，他情愿待在家里。他是这样擅长独处，却没有传授于我。他终究也没有教我下棋。

有太多东西，他没有教给我。他很克制，遇上好的食物和酒，会有保留，更愿意分许多次，慢慢享用；不似我的贪婪，总是喜欢狂欢和饕餮大餐。无论发生多大的事，他都可以，做出冷静客观甚至无情的判断；我却热烈而主观，酷爱黑白混淆，搅乱是非。他表面乐观，内心悲伤；而我永远在湿答答的外表之下，做着骄阳似火的美梦。我出生在秋末的午后，父亲到医院给母亲送过饭就离开，得到通知才急匆匆地赶回来。他看到我，也是格外平静，好像识破了眼前的婴儿，对她的一生没有好奇。大概早在那时他就知道，我与他是两种人，于是从不试图造就我。

他是溺爱我的，却不得要领，也没有足够的耐心。带我去很好的餐馆吃饭，买昂贵的进口饼干给我吃，陪我去宠物集市挑选波斯猫，帮我从大学图书馆借阅刊物。可是转脸又和我吵架，对我大发脾气，摔烂了从前送我的洋娃娃，踢伤了猫咪。偏巧我是个记仇的孩子，蹲在地上捡拾洋娃娃碎成一片一片的脸，把它们包在洋娃娃穿的裙子里，永远收存起来；在深夜抚摸被踢断牙齿的猫咪，偷偷落泪。

他待我的好，是参差不齐的，在我的童年和少年时代，留下太多罅隙。这些罅隙无限延展，被我紧紧捏在手中，作为罪证，等待一个合适的时间，在他的面前一一抖搂。“你对我的爱再深，也总是有严重的缺陷。”我要这样对他说。我想象他听到这些话时痛苦的表情，变得很满足。因为我从未见过他痛苦的样子。

可是尚未等到与他清算的时机，他已经老了。因为老而变得温和，他倔强地用一口老式奶锅为我煮越南咖啡，认定它绝不比咖啡壶逊色。用茶壶里的网纱当作滤纸，也很得意，滤好后小心地倒入保温瓶里，整个晚上总是拿着那只保温瓶到书房来问我：“还要不要添些咖啡？”

去年，我刚学会开车，技术很糟糕。年中回家小住，父亲主动提出要教我开车。他带我到空地上练习倒车。那里没有树桩和其他标志物，他忽然打开车门，走下去，说：“我就站在这里，你拿我当一截树桩。”我手中紧握方向盘，看见他站在车后，不敢启动汽车。满眼都是他，发胖，疲倦，额上新生的白发还未来得及染黑。我生怕有什么闪失，伤了他。

我们亲近了许多，这是他做出的努力，显露了他内心深处的脆弱。我知道自己不忍心使他痛苦，无法与他清算，甚至不应当与他说起。那些罅隙，只在我一个人的心里。

上次回家，我深夜从书房走出来，看见他端坐在那边，将目光缓缓递过来，照见我的内心，有一道白光。忽然觉得，所有的事，他或许都知道。等到一切云淡风轻，我悄悄地回到他身边，再陪他度过另一个漫长的夏天。

妈妈也有童年

申京淑

妈妈的脸映着夕阳，头枕着你的膝盖。你静静端详着妈妈的脸，仿佛在凝视素昧平生的陌生人。妈妈头疼吗？疼得哭不出来？曾经，她的黑眼睛又圆又亮，犹如即将产犊的母牛，如今却藏进深深的皱纹里，越来越小了。红晕消失的厚嘴唇不仅干燥，还起了泡。你竟不知道妈妈因为姨妈之死而头疼欲裂，欲哭无泪。你抬起垂落在平板床上的妈妈的胳膊，放在腹部，呆呆地凝望着她操劳一生的手背上渐渐蔓延的老年斑。你心里想，从今往后再也不能说自己了解妈妈了。

那还是你舅舅在世的时候。曾经浪迹他乡的舅舅回到J市，每个星期三都会来找你妈妈。他也没有什么特别的事，只是骑着自行车来跟她见个面，就回去了。有时他都不进屋，站在大门外高喊“妹妹”，不等妈妈走出院子，他就掉转自行车，径直回去了。据你所知，妈妈和舅舅的感情不是很深厚。在你不懂事的时候，或许在你出生之前，舅舅从你父亲那里借了很多钱，好像一直没有还。妈妈偶尔说起这件事，就埋怨他，说因为他欠了钱，她都没脸面对你的姑妈和父亲。虽然是舅舅借的钱，但是他没有还债的事实却让你的妈妈深感痛苦。舅舅杳无音信的四五年里，“你舅舅究竟去哪儿了，在干什么呢”这句话几乎成了妈妈的口头禅。你不知道她对舅舅是担心还是抱怨。

那时候妈妈家还没有修成现在的新房子。如今，那座老房子早已从这个世界消失了。它的廊台面朝庭院和大门。那天你也在妈妈家，听见有人推开大门进来的动静，接着有人问：“妹妹在家吗？”妈妈正和你在屋里剥橘子，听到这个声音，猛地打开房门，快步走了出去。妈妈的脚步太快了。究竟是谁让她这么欢欣？你好奇地跟在她身后。她站在廊台上往大门口看了看，喊了声“哥哥”，就朝站在门口的那个人跑了过去，连鞋都没有穿好。你妈妈风也似的跑上前，用拳头捶打着舅舅的胸口，连声叫着“哥哥！哥哥！”你站在廊台上，眼巴巴地望着妈妈。你第一次听见妈妈叫别人“哥哥”，因为提到舅舅的时候，妈妈总是说“你舅舅”。不一会儿，你想明白了是什么让你感到困惑。舅舅并非从天而降，然而当你看见妈妈发出欣喜的鼻音喊着“哥哥”，飞快地跑向舅舅的时候，你为什么会那么惊讶？啊，原来妈妈也有哥哥！你恍然大悟。有时候你想着妈妈，竟会忍不住独自笑起来。

比如回想起那一天，你年迈的妈妈娇柔地喊着“哥哥”，跑下廊台的情景。那时候的妈妈是比你更年轻的少女。妈妈的身影深深地印在你的脑海里。原来妈妈也有……你展开了这样的想象。那么理所当然的事情你怎么现在才知道啊。对你而言，妈妈从来就是妈妈。你从未想过，原来妈妈也有蹒跚学步的时候，也有 3 岁、12 岁，或者 20 岁的时候。你只是把妈妈当成妈妈，你以为妈妈天生就是做妈妈的人。看到妈妈喊着“哥哥”跑向舅舅的情景之前，你从来都是这样认为的。你对哥哥们怀有的感情，你的妈妈也有。这种领悟渐渐转变，原来妈妈也有童年。好像是从那时开始，你偶尔会想象出生在1936年，户籍上记录为1938年的妈妈的童年时光、少女时光、青春时光，以及妈妈新婚时、生你时的情景。

我的妈妈不一样

软　苏

有一段时间我工作压力很大，和妈妈视频通话时不爱说话，说的时候语气也难免透出不耐烦。“你现在情绪不好，和你说话我好怕哦。”妈妈说着就把电话挂掉了。等心情平复了，我重新拨通电话给她道歉，她笑眯眯盯着我看：“我姑娘还是笑起来更漂亮一点。”

我小时候，妈妈就从来不在我气头上逼我听道理。每次争吵过后，第二天我起床睁开眼，枕头旁边都会放着她写的长长的信。我高考时数学失利，遭遇了人生最灰暗的时刻。我妈一句话也没说，丢下我爸和我弟，带着我去看海。“妈妈生下你不是为了让你去考名牌大学或者去赚大钱的。”她说，“什么东西都没有我姑娘开心重要。”

我情窦开得早了一点。刚上一年级，我妈来接我时，我就趴在窗沿上，满脸痴相，偷偷给她指：“妈妈，你看讲台上那是我们班长，好威风哦。”我妈笑眯眯看着他说：“这不是你们班考第一的那个男娃娃嘛，我姑娘眼光不错。”后来做作业、背课文，我哭闹，想偷懒。我妈和我商议：“怎么办？听说你们班长学习从来不怕辛苦，人家真的好优秀哦。”听了这句话，我简直像打了鸡血。我那两年学习的劲儿比谁都大，一堆奖状捧回家，甚至还当上了副班长，也有了上讲台“威风”一把的机会。

这段暗恋夭折在三年级。

课间玩追赶游戏，班长追，我们“呜呜哇哇”四处乱逃。只有一个女孩子原地不动，眉眼间全是有把握的笑。“他不会抓我的。”她说，“我们今天‘结婚’了。”我的世界“咔嚓”一声，碎了。

那天我失魂落魄，回到家就开始哭：“我哪里比不上那个女生嘛，班长为什么不和我‘结婚’……”我妈把我搂在怀里：“我姑娘最优秀了，成绩又好，又是副班长，跳舞也好看，哪里比别人差？”“那为什么班长喜欢她而不喜欢我？”我妈捧着我的脸说：“大家都很喜欢你。那个女生虽然不是最优秀的，但她也是可以被人喜欢的。不是只有第一名才有资格被喜欢哦。”这句话我一直记到现在。

有一段时间我很喜欢写日记，还学着同学的样子，给日记本用头发丝上暗锁。但从未有人动过它。我妈说：“日记是你的隐私，你要自己收好。你外婆从来不会看我的日记本，我也不会偷偷去看你的。”

上高中的时候谈恋爱，身边有同样“劣迹”的人都想方设法和父母打暗战，我不用。我分享恋爱中甜蜜的小事，我妈笑眯眯听着；我们吵架我会告诉我妈，她帮我分析对错。“你脾气也太大了，不要老是欺负人家男孩子嘛！”她说。我有时候问她为什么不阻止我，她说：“这种事情怎么堵得住，比起你把妈妈当仇人一样防着，妈妈希望可以帮助你拥有更顺利、更向上的感情，两个人一起进步，不要被幼稚的鸡毛蒜皮耽误了更多精力。我姑娘对自己的责任心，我最相信了，你不会因为谈恋爱耽误自己前途的。”

她没有错，在我和当时的男友互传的字条中，70%都是数学题，还有倾诉压力和互相鼓励的话。开家长会，班主任还邀请我妈作为优秀学生家长代表上台发言。

还是五岁那年，我第一次偷钱。技术很烂，事情很快就败露了。“你为什么拿妈妈的钱？”我妈这次很严肃。“我想买个新书包，可是我没有钱。”我快哭了。“那妈妈的钱是偷拿别人的吗？”“不是，是妈妈辛苦挣来的。”

几天后，我妈列了一份工作清单，洗碗、煮饭、扫地等，都可以赚一些钱。不等第二学期开学，我就用自己赚来的钱买了最喜欢的那个书包。

上了大学，我就不满足于赚自家人的钱了，开始做兼职、写文章，用各种方法赚零用钱。我爸嫌我不务正业，我妈告诉他：“你姑娘提前接触接触社会才不会被骗嘛。”

兼职时遇到不讲理的同事，受了委屈，给我妈打电话哭诉，以为她会豪气地要我别干了，又不差那两个钱。结果她语气坚定地说：“你没做错，问心无愧就不用因为别人放弃机会。社会上这样的人你躲也躲不掉，不用怕，和其他同事搞好关系就好了。”

现在，我工作上不顺心，情绪有时会糟糕，她发现了就说：“坚持不住了一定要和妈妈讲，妈妈带你去和心理医生聊聊。医生诊断出来病了咱就治，没有人会说闲话，不能让我姑娘生病了都没人管。”

我妈不是什么教育学家，也不是高知。她对我的教育，完全基于对一个平等、独立人格的信任和尊重。我很感激，也深知自己的幸运，我知道自己在任何时刻都不会孤立无援。感谢她，用温柔和理解，让我拥有了一个完整幸福的家。

再见，总有一天

路　明

小时候，爸妈吵架。

你一声不响，抱着洋娃娃离家出走。

不走远，就在楼下的角落蹲着。你知道，一会儿他们发现你不见了，肯定会急着来找你。回家的时候皆大欢喜，把吵架的事全忘了。

初二那年，他们闹离婚。

你默默回到房间，收拾好东西，想再次离家出走，结果走得太急摔倒了。摔破了头。

妈妈尖叫着冲进来，爸爸一把抱起你送往医院。你看着他们挂号、缴费、求医生，急得团团转，一副恩爱的样子。

虽然头上缝了7针，但你却很开心。妈妈趴在你的床头泣不成声："姗姗，对不起，都是妈妈不好。"你却对妈妈说："妈妈不哭了，其实我一点也不疼。"

高考后，你如愿考上了北京的一所大学。

爸爸送你，两个人坐了一夜的火车，好不容易找到了学校。到了宿舍，爸爸忙着大包小包放行李，里里外外打扫卫生，爬上爬下搭蚊帐，跑进跑出打开水，忙得满头大汗。可他什么活都不让你干，只让你在一边坐着吃苹果，和新室友聊天。

爸爸要走了，你送他去公交站。你看着他瘦小的背影，看着他艰难地挤上车。

车门关上，你笑着挥手，笑着笑着，终于忍不住，像个孩子一样号啕大哭。车缓缓离去，你看见爸爸用力拍打车门，张嘴喊着什么。可你什么都听不见，泪水模糊了你的眼。

大二的时候，你和男朋友坐火车去云南旅行。

需要坐 44 个小时的硬座，一路吃方便面。你发烧了，男朋友去餐车买了一份粥，喂你吃。你觉得很幸福。

下了火车你给他们打电话，爸爸暴跳如雷，咆哮着摔了电话。后来妈妈告诉你，你爸哭了。

他哽咽着说："姗姗长这么大，我都没舍得让她吃那么多的苦。"

第二天，你的银行卡上多了一万块钱。爸爸打来电话，他没有再凶你，只是嘱咐你吃好住好，注意安全，回来坐飞机。

你是公认的淑女，待人彬彬有礼，说话细声细气。只有爸妈知道你这个淑女是怎么回事。

放假一回到家，你就成了坏脾气的公主。没大没小，摔这摔那，一觉睡到中午，饭菜得端到床上，内衣都是妈妈给你洗，难得刷个碗你还嘟嘟囔囔。

好几次，爸爸忍不住想说你，妈妈劝他："算啦，姗姗读书辛苦，回家让她多享会儿福。"

毕业后，你争取到出国深造的机会。

爸妈送你去机场，你微笑着挥挥手，转身离去。

你已经不再是那个爱哭的小姑娘。留学三年，你硬是没回过一次家，不仅省下了来回机票钱，还能打工赚一笔钱。

第一个独自在外的除夕，你在电话里对他们说你很好，不用牵挂，但挂了电话你就去打工了。

那天餐厅来了很多中国人。他们吃着喝着，大声说笑，没人知道你在厨房刷着堆积如山的盘子。

送走最后一批客人已是深夜。你走在异乡的石板路上，像孤独的烟火。

回国后，你在北京找了份令人艳羡的工作。

过年了，你兴冲冲地带着洋男友，请了假提前回家。哪知道爸妈根本接受不了。

令人尴尬的沉默后是激烈的争吵。

你出言不逊，平生第一次，爸爸打了你一个耳光。你摔门而出，用力挣脱妈妈的手，头也不回地走了。

你和洋男友去了海南。

你们在海边漫步，享用浪漫的晚餐，说着动人的情话。

三亚的阳光和煦温暖，你心中却隐隐不安。以往妈妈一天要给你打好几个电话，叮嘱你添衣吃饭，让你不胜其烦。可这次，那个熟悉的号码在你的手机上再没亮过。

从三亚回到北京，你又开始了忙碌的生活。每一天早晨，你都会想起妈妈的话："早餐吃一个鸡蛋，出门多加件衣服。"

好几次你拿起手机，又轻轻放下。你想，人总要独立的，所谓的成熟，大概就是这个样子。

3 月的北京，春寒料峭，你沉浸在失恋的悲伤中。

手机铃声响了，是爸爸。妈妈查出了胰腺癌，晚期。

你蒙了。

你不顾一切地赶回家，等待你的是冰冷的病房。

你日日夜夜守在妈妈身边，生怕虚度每一分钟。你这才发现，20 多年来，你从没安慰过妈妈，从没给她做过一顿饭、洗过一次脚、剪过一次指甲。

你吹凉了米汤，一口一口喂妈妈，就像小时候妈妈喂你那样。妈妈在药物的作用下睡去，憔悴不堪。

原来这世上最残酷的事，莫过于注视被病痛折磨的亲人的脸。你祈求上天，再多给你一点儿时间。

那么粗的针头扎进妈妈的身体，她还朝你笑："姗姗别哭，妈妈不疼。"

总有一些人的离去让这个世界变得空荡。

回到已经陌生的家，爸妈的大床上放着两个枕头，桌子上摆了三双筷子。

爸爸说："姗姗，吃饭吧。"一语未了已是泪眼婆娑。

爸爸仿佛一夜之间老了，佝偻着背，胡须都白了，小老头一样。

离家前最后一夜，你被冻醒了，爬起来找被子，结果找到了几件妈妈的衣服。你躲在被窝里，咬着嘴唇，无声地哭到天亮。

出嫁那天，你一早起床，给妈妈上了三炷香。楼下鞭炮声震天，爸爸默默地转过身去，妈妈的遗像在相框里朝你笑。

婚礼上，你挽着爸爸的手，缓缓走向新郎。

以后，爸爸真的是一个人了。

你想起了第一次离家出走，你抱着洋娃娃，静静地蹲在角落；想起了北京的公交站，那个哭得稀里哗啦的女孩。你强忍着不让眼泪掉下来，耳边传来温柔的声音：“姗姗，勇敢点儿。”

你很清楚，他们爱你。无论你怎样吵闹、任性、发脾气，他们都不会离开你。可是你忘了，世界是一片海，命运是风，所有的相遇和离别，不过是瞬间的波涛。

我们都是刻舟求剑的旅者，岁月里丢失了最心爱的人。有一天我们伤痕累累，记不起那些温暖遥远的日子。

后会有期，后会无期。我们害怕真正的再见，可是再见，总有一天。

这不是一篇小说，所有的情节都来自身边朋友的真实经历。当然，不是同一个人。为什么主人公叫姗姗？因为我们的爱，总来得太迟。

我是你的眼，你是我的拐

宝　蓉

一

在《中国诗词大会》第五季第四场比赛中，从百人团中脱颖而出的选手翁智平登上了舞台。在飞花令环节，翁智平因答错一道题而错失了晋级机会，但她微笑着说：“我很满足了，因为我已经替女儿圆了站在诗词大会舞台上答题的梦想。”

此时，女儿杨玉书的声音忽然传来：“妈妈，你好棒！谢谢你……”

翁智平循声去找，看见女儿正站在舞台内侧摸索着朝她走来，她赶紧迎向女儿，把女儿的手紧紧攥在手里。女儿动情地说：“妈妈，虽然我的眼睛看不见了，但有你在，每天都是晴天。你是我的眼，我做你的拐杖。我们一起相携读诗，谈笑春秋度百年。”

翁智平拼命点头，眼含热泪地紧拥女儿入怀。那些命途多舛的经历，仍历历在目。

翁智平从未想过，不幸会一次又一次地袭向她。2009年，丈夫患了重症胰腺炎。她丢下女儿，陪着丈夫辗转多家医院治疗。那些颠沛流离的日子令她心力交瘁，她既担忧丈夫的病情，又放心不下女儿。

几年里，丈夫的病情多次反复，翁智平被折腾得华发早生，犹如惊弓之鸟。好在，女儿乖巧懂事、勤奋好学，一点儿也不让她操心。杨玉书从小就爱研读诗词歌赋、文学经典。2014年高考，因发挥得不太好，玉书与心仪的中国人民大学失之交臂，最终以638分的成绩被四川大学录取。

2014年10月1日晚，刚到川大读书20多天的玉书告诉翁智平，她发烧了，正在医院输液。翁智平一听，心里咯噔一下，玉书从小到大身体特别好，几乎没生过病。她和丈夫心急如焚，两个人连夜从贵阳赶往成都。见到玉书的一刹那，翁智平吃惊不已，玉书清秀的脸庞水肿得厉害。一连输了5天液体，玉书依然高烧不退，医生也一直没有找到病因。

来不及哭泣和悲伤，翁智平和丈夫火速把女儿转到了成都华西医院救治。为查明病因，翁智平请医生给玉书做了所有检查，专家会诊后，告诉翁智平一个残酷的结果——玉书患了“免疫性血管炎”。这是一种免疫系统疾病，很凶险，只能靠药物控制。如果控制不好，全身器官都会受到损害，病情严重时还会危及生命。

玉书的病情一直反复。2014年10月25日早上，玉书惊慌失措地喊道：“妈妈，妈妈，我看不见了，我的眼睛看不见了……”

翁智平大脑一片空白，心脏几乎要跳出来，她下意识地去抓玉书颤抖挥舞着的双手，连连告诉她，也是安慰自己：“不会的，这只是暂时的……”

可是，现实太残酷：因免疫性血管炎发展到玉书的眼睛，继发了双眼视网膜小动脉闭锁，造成了不可逆的失明，复明几无可能。这样的结果，让翁智平夫妻俩崩溃了，翁智平在丈夫的怀里哭到昏厥。

玉书的病情在不断恶化，她的大脑、肝、肾、肺、耳、鼻、皮肤甚至骨关节都受到了损害，医生接连下了几次病危通知书。最严重的一次，是玉书的肺部遭到真菌感染。

二

好几次走在街上，翁智平都想一头撞向疾驰的汽车。她痛不欲生，内心一片绝望和荒芜。一天，玉书喘着气对她说：“对不起，妈妈，我实在坚持不下去了，我不想成为你们的负担。”

那一刻，翁智平为之一震：这个时候如果自己退缩倒下了，玉书怎么办？即便有离别，也要让女儿开开心心地、带着满满的爱离开这个世界。

在翁智平不分昼夜、不眠不休的守护中，玉书挺过来了，肺部炎症终于缓解。翁智平却发现，玉书的性格彻底变了，她不再是那个充满自信、开朗大方的女孩，开始不愿与人交流，不愿多说话，她把自己封闭了起来。

翁智平明白，玉书要强，不想别人同情她。带着不甘，也怀着希望，她和丈夫带着玉书南下广州，北上北京，遍访名医，问诊权威专家。可结果都是一样：玉书的眼睛已造成永久性的伤害，不可逆。

回来后，玉书变得更加消沉。翁智平知道，再多的安慰都是苍白无力的，再多的关爱都不能抚平病痛对女儿的重创。一瞬间，女儿所有的梦想都成了一场空。因为这场病，女儿离开了心爱的大学校园，没有了希望，也没有了未来。

有一天，翁智平试探着对玉书说："妈妈送你去盲文学校学习，好吗？"玉书一听，立即起身走开。因为看不见，她被凳子绊倒，跌坐在地。翁智平赶紧去扶她，玉书却甩开她的手哭道："我不是盲人！妈妈，你懂吗？"

此后，翁智平再跟玉书交流时，会尽量回避一些敏感话题。她一直在找一个和玉书聊得来的切入点。有一次，她试着点拨玉书："你不是喜欢历史人文、诗词歌赋吗？我们看《百家讲坛》《中国诗词大会》这些电视节目时，你还可以给我们讲讲诗词典故、名人逸事。"

那天晚饭，玉书吃得比平时要多。吃完晚饭，她还主动提出："我们一起去外面散散步吧。"翁智平和丈夫开心极了，赶紧拉着玉书出门。那天，玉书给他们讲了李白和杜甫的许多奇闻逸事，惹得他们哈哈大笑，玉书脸上也展露了久违的笑容。

从此，每天晚上散步的时光，成了一家三口沟通交流的温暖时刻。

随着时间的推移，玉书不再封闭自己。2016 年 2 月 12 日晚，翁智平早早打开电视，一家人坐在一起收看《中国诗词大会》第一季第一场的擂主争霸赛。结果，彭超获得了擂主。彭超没有双臂，也就读于四川大学。玉书听了彭超的经历，对翁智平说："如果我也能像学弟一样，站上诗词大会的舞台就好了。可惜我已经看不见了，这个梦想永远实现不了了……"

翁智平听了，对玉书说："妈妈帮你实现这个梦想，我一定要帮你登上诗词大会的舞台。”

三

当时，玉书以为翁智平是在开玩笑，并没当真，但翁智平给自己定下每天背会一首诗词的任务。她是贵州省女子强制隔离戒毒所的一名民警，工作很忙。因此，她常常熬夜背诵到凌晨一两点，但想到又多背了一首诗词，离女儿的梦想又近了一步，她并不觉得累。

翁智平心中对玉书一直怀有歉疚。玉书 6 岁时，翁智平从贵州的一个基层监狱调到省城的戒毒所工作，从此，她和玉书、丈夫聚少离多，玉书基本由外公、外婆和同为警察的爸爸照看。直到 10 岁时，玉书才来到她身边读书。翁智平花在玉书身上的时间和精力有限，很少陪伴她。翁智平怎么也没想到，自己真正开始陪伴玉书，是在孩子生病以后。

在陪护玉书治疗时，翁智平睡了 7 个多月高低不平的行军床，颈椎和腰椎都出现了劳损。后来踝关节和膝盖也出现了问题，影响到了行走，她常常走着走着，脚下忽然一软，就会摔一跤。医生说，这是“失足”，基本没办法复原。即便这样，她也心甘情愿。

翁智平觉得，诗词是增进她们母女感情的纽带，所以不管多难，她也要替玉书完成梦想。她几乎是零基础开始学习诗词的，背的第一首诗是白居易的《长恨歌》，翻看着这首长达 60 句的叙事诗，她蒙了：“这么长的诗，我能背下来吗？”

玉书笑着说：“妈妈，你得先弄明白这首诗的写作背景和包含的典故，然后要懂得每一句诗的意思，再进行分段背诵，这样才能达到事半功倍的效果。”

翁智平趁势说：“以后我背诗词前，你先给我讲解它们的写作背景，有不懂的地方我就问你，可好？”玉书乐了：“好啊！我会知无不言，言无不尽，谁让你是我妈妈呢？”

翁智平开心极了，感觉那个开朗活泼的女儿又回来了。

有一次，玉书对翁智平说：“妈妈，你做了我的眼睛，我以后做你的拐杖。”翁智平泪眼婆娑地把玉书紧紧抱在怀里，第一次感觉到人生有了一种不一样的静美和甜润。

坚持了三年多，翁智平背熟了600多首诗词，她觉得可以替玉书去完成梦想了。她从40万名报名者中脱颖而出，2019年11月12日至30日，翁智平参加了《中国诗词大会》第五季的节目录制。在2020年1月31日播出的第四场节目中，在节目组的特意安排下，玉书突然出现在节目现场，令翁智平感到既意外又开心，母女俩紧紧拥抱在一起的画面，感动了在场的所有人。

那一刻，翁智平真的相信，诗词是有力量的，它就像一束光，投向了她和女儿的内心深处，给她们以光明和希望。

以前，翁智平只是把背诗当成一项任务。现在，她把诗词当成兴趣爱好，因为诗词让她有了更广的视野和更大的格局，让她可以更加享受生活。

在妈妈的陪伴和鼓励下，玉书走出了人生的低谷，活出了一个全新的自己。她每天除了一如既往地和翁智平一起研读诗词歌赋，还自学了盲文。她已经能运用读屏软件在电脑上熟练打字。

现在，玉书又有了新的计划，她对翁智平说，她准备重新参加高考，继续完成学业。

我妈，被我耽搁了的艺术家

李星锐

一

1995 年 4 月 28 日中午，我妈在黄冈中心医院生下了我。

成为我妈之前，她在工厂里做工人。生下我以后，领导以她在家带孩子不方便上班为由，让她彻底下岗了。

1997 年，我两岁。我妈决定出去找事干，挣点外快贴补家用。

找亲戚朋友们打听一圈后，她包下菜市场里的一个柜台，卖起了童装。

每周两次，她先坐我爸的摩托去黄州商场，再坐大巴车去武汉的汉正街批发童装。她凌晨两点起床，我睡得正熟。

车程接近两小时，乘客几乎都是去汉正街的，她可以安心地睡上两小时，等着被邻座起身的动静弄醒，然后迷迷糊糊地下车，在车站旁的馄饨摊吃一碗浇满辣椒油的馄饨。

批发完童装后，8 点多她再坐车回黄州，往柜台上摆放新批发来的童装。

一年半以后，童装生意越来越难做，一件衣服挣不了多少钱，我妈便卖掉摊位，做起了全职的家庭妇女。

二

2001 年，我上小学一年级。爸妈终于下定决心，找外公、外婆借了点钱，在江堤旁边买了一套房。

选在那里，一是因为价格便宜，二是因为街对面就是黄冈市图书馆。他们想给我营造一个好一点的学习环境。

我爸依然经常出差，我妈早上骑自行车送我去学校以后，回家收拾打扫一番，做完午饭，就又要出门去接我。

上小学时，一到放学的点，我就特别期待在窗口能看到我妈。因为和别的家长比起来，我妈打扮时髦，看起来更年轻漂亮。

有一次，我跟她讲，同桌夸她好有气质。我妈说："哪有哪有！"说完却捂着嘴笑了起来。

之后每次来接我，她都要精心打扮一番，衣服也换得更勤了。

我上五年级时，我爸也下岗了。他在家里思索了好几天，决定去干他几年前不甘心干的工作——乒乓球教练。

我妈可能是担心我爸收入不稳定，也可能是在家待了几年，无事可做，就从一个当小学老师的朋友那里，争取来一份辅助编教材的兼职。

小学一二年级的语文教材，要找好模版，自己写，自己画图。

那段时间，晚上我在书桌前写作业，我妈就搬把椅子坐在我身后，再拿块板子垫在床上当桌子，每天写写画画。

我问她：“你还会画画？”我妈说：“那当然！我小时候画得可好了。看不出来吧？”

我妈前前后后辅助别人编了近10本教材。半年后，她才结束了这份兼职。

又过了半年，她收到教材样书，附带寄来的还有一万块钱稿费，那些钱顶我爸好几个月的工资。

她把钱放到一边，把我拉过去，指着书上她的名字说：“看，你妈也是‘出过书’的人了。”

三

我上初中时，迷上了看课外读物。从《萌芽》到《最小说》，再到村上春树、王小波的小说，课后我没看过瘾，就上课时偷偷地看。

我爸相当反对这件事。他说：“看这些没用的书，只会耽误学习。”他想把我攒钱买来的书都扔了。我妈拦下了我爸。她的态度之坚决，我和我爸从未见过。

我有点糊涂。我妈对我一向严厉，什么都管，怎么在这件事上反而完全向着我了？

那天晚上，见我写完作业，我妈走进房间问我：“你喜欢看什么书？”

我随便说了几本。

她说：“知道我为什么允许你看课外书吗？”

我说：“不知道。”

她站起身，去她房间的床头柜里翻了半天，拿出一个本子递给我。

我翻了翻，是一些卡通动物图和人像画。我说："是你画的吗？"

我妈说："我小时候就喜欢这些，总在作业本上乱涂乱画。后来被你外婆发现了，给我撕得干干净净。这是我偷偷留下来的一点儿。"

她顿了顿，说："你妈很有艺术细胞的。"

我说："你现在可以重新开始画画啊。"

她愣了愣神，苦笑着摆摆手说："不画了。我做饭去，你想吃什么？"

"青椒肉丝。"我把本子递给她。

那时，我瞥见她的手，粗糙，指节宽大，被油烟熏得发黄，的确不像能握画笔的手。

四

上高中时，我彻底叛逆起来，厌学、暴躁，几乎每天都要跟我妈吵架。

有时候我脾气上来了，就吼她："你当时就不应该把我生下来！"

我妈则更大声地吼回来："你以为我想啊！我恨不得把你再塞回肚子里去！"

然后，她去阳台上哭。

我总是很纳闷，至于这么伤心吗？

高中毕业，我通过艺考，只考了家乡的一所二本院校。

我妈却说："有书读就好。你自己去学校住吧，别再待在家里了。”

我不在家住后，我妈好像彻底没事儿干了，天天在家看电视，等着我爸回家。时间久了，她实在待不住了，但也不知道干点儿什么好。

那会儿，我老是找他们要钱，一会儿买辆新的山地自行车想玩骑行，一会儿买台单反相机想玩摄影。但玩不了多久，就厌烦了。

有一个周末，刚吃完饭，我打算看会儿电视。我妈凑过来，神秘地问我：“你怎么不玩那台单反相机了？”

我说：“不想玩了，我觉得没啥意思。你要是看着烦，就卖了吧，还是新的。”

我妈说：“卖了多可惜。我就想问问你，那玩意儿怎么玩。我上次出门散步，看见小区里有人拿着那玩意儿，到处拍花，我感觉还挺有意思的。要不你教教我？”

我说：“很难的，你肯定没耐心学。”

但她还是坚持要学。我就从最基本的光圈、快门、感光度讲起。她听了一会儿，说：“听不懂。”我扔给她一本摄影入门的书，让她自己看书学，别打扰我看电视。

我没有想到，她真的学了进去。

几个月后，她开始经常给我发她拍的照片，问我：“你妈拍得怎么样？”

一开始，我会告诉她，这张曝光过度了，那张构图不好。

渐渐地，我就给不了她什么建设性的意见了。虽然我没对她说过，但我知道，她的拍摄水平已经比我的高了。

五

有一天，我正在宿舍打游戏，她突然给我打来电话嘘寒问暖。

我问她："照片拍得怎么样啊？"

她说："挺好的。就是太可惜了，你妈一辈子没出过远门。看到网络上那些摄影大神拍的各地风景，真是太美了，我又没机会去拍。黄冈的那点儿景色，我都拍遍了。"她叹了口气继续说："我觉得我突然找回了上小学时的那种热情。摄影不过瘾，我决定报个绘画班重新学画画。"

室友催我赶紧挂电话，一起打游戏。我敷衍了我妈几句："挺好的，你好好画吧。我觉得你肯定能行。我现在有点事，先忙了。"然后挂掉了电话。

3个月以后，我回到家，一进门就喊："妈，有什么好吃的吗？"

没人回应。我换上拖鞋，走进厨房，我妈不在。我爸正坐在沙发上看电视。

我问他："我妈呢，怎么没做饭？"

他"哼"了一声说："她忙着创作呢，哪有时间做饭？"

我找了找，发现我妈坐在书房里，面前摆着画架，椅子旁放着一个石膏像。她戴着老花眼镜，手握着铅笔，眯着眼在纸上画画。

大学毕业以后，我跟他们商量，打算离开黄冈，去北京闯闯。

我妈说："去吧，挺好的，正好把书房腾出来给我。我打算把书房改造成我的专用画室。"

走之前，我和我妈聊了很久。我们已经多年没有这样面对面平和地聊天了。我问她："黄冈还有专门为成人开设的绘画班吗？"

她说："哪儿呀，就是给美术生进行艺考培训的机构。黄冈这地方，哪有中年人学画画的。教我的老师都比我小十几岁呢。"

我望着我妈，想象她每周日上午，背着画板去画室，坐在一群十五六岁的高中生中间，戴着老花镜，专心听课的样子。

那群学生一定经常偷瞄她。在那间为艺考生开设的教室里，她一定显得突兀又奇特。想到这里，我突然觉得面前的我妈有点儿陌生。

2019 年年底，我妈生日那天，我给她打视频电话说："生日快乐！"

她说了声"谢谢"，然后给我发了几张她画的画，问我："怎么样？"

虽然我分辨不出优劣，但还是称赞："画得挺好的。"

这时，我爸凑过来说："你妈现在已经魔怔了，一天到晚画个不停。"

我妈接过话茬对我说："把你养这么大了，我也老了。好不容易不用我操心，现在我要做自己了。"

挂断视频电话，我突发奇想，找出几张她发给我的照片和画，发在微信朋友圈并配文：老妈的作品。

评论区满是夸赞："这是你妈画的？""你妈也太有才了吧。"

最后一条评论里，我一个朋友写道："你妈真是个被你耽搁了的艺术家。"

我回复他："是啊。"

我爸只有一场戏

一直特立独行的猫

前几天，导演告诉我电影里饰演我爸的演员是谁，我一惊，心中顿生感慨，他真的很像我爸。

爸爸的戏在第四场，这场戏我写得很艰难，因为实在不知道该用哪个细节作开场。爸爸和我之间的很多动作、对白一一浮现在脑海中，我却不知道从何处下笔，用这一分钟来表达一生的爱。

我想到了好多事——

小时候，篮球场的座位是钢管搭起来的，我在里面玩时，不小心把腿卡在了两根钢管中间，骨头夹在里面，硬拽的话骨头就碎了。我爸赶来了，拨开人群，徒手拉弯了钢管，我的腿轻松就出来了。后来我很多次去那个篮球场，看到那根被我爸拉弯的钢管就那么弯着，可能永远都那样了吧。

我第一次转学到很远的地方，住在别人家。刚开始的一周，我爸每天到学校门口远远地看着我，但是他并不叫我，在确认我平安无事后就回家了。我爸不习惯我不在家，但是又不想打扰我，怕我见他后闹着要回家。其实我都看见了，每天放学回去后都对着日历哭。

后来，我爸每周都要去那个很远的学校接我回家。那时候我还小，对汽油味过敏，于是每次坐小巴车，我爸都要上去闻闻味道。味道大了不上，人多了不上，一定要有至少两个座位的才上。他会专门给我买一张票，为了让我坐着舒服，尽管卖票的人说，抱着孩子可以省一张票钱。

有一天中午我闲着没事，从学校给家里打了个电话。下午我爸就跑到学校来了，问我出了什么事。我说没事啊。我爸说："你上学时从来不给家里打电话，我以为你出了什么事不敢说，就过来看看。"

我爸每次从学校接到我，总是我背着书包，而他提着书包最上面的提手，书包在我肩上悬空，就不沉了。我家每个房间的门外都有挂衣钩，我的衣服却从不挂在上面，我爸说："如果把你的衣服挂在门上，晚上睡觉一关门，就好像把你丢在外面了。"

有一个场景，我永远忘不掉。有一天我坐在板凳上洗脚，我爸说："孩子啊，你快点长大吧，老爸坚持不住了，你长得太慢了。"

之后的一个周末，我跟我爸说的最后一句话是："下周回来我要在家吃涮羊肉！"我爸说："没问题。"我回来后，在医院里看见的却是他的遗体。

听说人死前都会有一些征兆，特别是意外的死亡。我爸之前说自己坚持不住了，我那一周要是不去学校就好了，或者我一开始不转学就好了，或许他会因为我在他身边，而不那么无聊地出去跑步，就不会发生那场意外。

我不知道该把哪个细节写在剧本里，因为我爸只有一场戏。

我终于成长为自己喜欢的模样

今世未央

1

我从小就知道，自己和别人家的孩子不同。别人家的孩子可以肆无忌惮地在外面玩，而我不行，稍微剧烈的运动我都不能做。进医院打针、输液于我而言是家常便饭，我熟悉医院里消毒水的味道，和那里的医生、护士混成了老熟人。

我无数次问过爸爸："为什么我和别的孩子不一样?"爸爸书生气十足，给我讲了很多"天将降大任于斯人也"的道理，可我并不想听。

很长一段时间，我最大的梦想就是做一个普通孩子。

6 岁的时候，我终于做了手术，爸爸告诉我："从今天起，你就是个普通孩子了。"我终于能跑、能跳、能出去疯玩了，还有了一个好朋友——格子。我们用同一张课桌，课间一起上厕所，放学后一起做作业。

我把最心爱的漫画书借给格子看，上面有作者的亲笔签名。为了这个签名，爸爸排了好长时间的队。这本书在我最孤独的日子里陪伴着我，可格子把它转借给了别人，而且，传着传着就弄丢了。

我快急哭了，格子却觉得我小题大做：“不就是一本书吗？我赔给你！”这怎么能是重新买一本书就能解决的问题呢？我气坏了，跟她大吵了一架，我们俩谁也不理谁了。

格子很快就和班里其他的女生好了，还偷偷把我的秘密告诉了别人。不久，消息就在学校里传开了，大家都说我的心脏病是先天性的，做过手术，极有可能会传染。很快，我就觉察到大家对我投来异样的目光。有时候大家凑在一起聊得很热闹，我一走近，声音立刻就停了，然后大家就散了。我这才知道，自己被孤立了。

那种感觉比当初没有朋友更让人难受。就在这时，爸妈跑过来跟我商量，是否想要个弟弟或者妹妹。我的情绪终于找到了出口，大人们果然都是骗我的。如果我真的完全好了，和正常人一样了，同学们为什么会那样对我？爸妈又为什么非要再生一个孩子？

2

事实证明，爸爸还是很爱我的，他说服了妈妈，放弃了再生一个孩子的打算。

但是，我很快就发现，爸爸对我翻脸了。他从来不敢惹我生气，生怕我哭得厉害了会犯病。即便我无理取闹，他也不舍得凶我，毕竟我能好好活着，是全家唯一的希望。

现在却全然不同了，爸爸突然对我凶了起来。我赖在家里懒得出门，不想完成老师布置的跳绳任务，哪怕天黑了他都非押我下楼去跳；炒菜的时候发现家里没盐了，他不管我愿不愿意，就催我去买；我忘了戴红领巾，忘了写作业，见到楼下的爷爷没打招呼……这些原来都算不上事儿，但现在统统都成了正经事儿，值得爸爸再三跟我较真儿。

爸爸像中了邪，变成了那种望女成凤的家长。小升初的时候，我可以进学区内的第十二中学，可他非要让我报考师大附中。那可是全市最好的中学，能考进去的都是牛人，我算哪根葱啊？

我和妈妈联合起来都没拗过他，我只得抓紧时间准备，找老师上辅导班，到处打探往年的面试内容。经过笔试和面试，我在意料之中落了榜，气得在家里发脾气。我妈连连安慰我，埋怨我爸：“你明明知道闺女考不上，还非要折腾这么一出。”可是爸爸自始至终都没有说一句道歉的话。

我很怀疑，这还是那个处处依着我的亲爸吗？他该不会是因为我反对他们要“二孩”，才对我这样的吧？对，没错！只能是这个原因了。

3

我自然不会任由爸爸摆布，慢慢学会了用各种手段和他斗智斗勇。我撒谎，逃课，和同学去游乐园坐过山车，一个人出去旅行时偷偷把高铁票换成飞机票……这些都是我之前不敢想、不能做的，却在和爸爸的较真中，不知不觉地做了个遍。

我成功地做了一个普通人能做的很多事，几乎忘了自己生过病，直到填报高考志愿时，才又想起了它。我拿到一份很厚的材料，上面写着高考不建议报考的专业。虽然我并没有多稀罕那里面的专业，但还是感受到了深深的伤害。这个世界对我和其他人还是有差别的，我根本就不能和普通人一样。

尽管我的高考分数挺高，远远超过一本线，有很多城市和大学可供选择，但我最终赌气似的选了一座南方的城市，没有告诉任何人。我要证明我从此完全自由了。

我本以为爸爸会大发雷霆，会强迫我改回去，但他破天荒地没有反对，反而乐呵呵地为我准备行李。我看着他收拾东西的背影，觉得他已经老了，没有心气再跟我斗了。

大学时光过得飞快，在接触了各种各样的新鲜事物后，我才开始后悔离家太远。南方的冬天没有暖气，那股湿冷深入骨髓，吃的东西也不合胃口。我每天盼着放假，盼着毕业，盼着能回到我熟悉的地方。

4

大学毕业后，我回到了父母身边，找了一份稳定的工作，谈了个条件相当的男朋友。在商量结婚的时候，他父母知道了我的身体情况，一反之前的热情态度。在吃饭期间，我发现男朋友的神情一度很焦虑。

我不忍心看他为难，也不知道是不是该跟他一起努力征得父母的同意，想想还是算了。

第二天，我在家里忧心忡忡，突然发现爸爸手里拿了东西，他极力想避开我匆匆出门。我想也没想，抢过来一看，是我生病时的诊断书、做手术时的单子，以及已经痊愈的复查结果，上面有几行字被标成了大红色：室间隔缺损，遗传的概率基本为零，不影响正常生育。

我将这些东西摔在地上，哭着冲他喊：“你以为别人会在乎这些吗？你能不能给我留点脸面！”妈妈强行把爸爸拉进了屋，我听到爸爸大声说：“我不是为了让他回头，那种人不值得！我就是想让他们知道，我闺女已经完全好了！我不允许任何人嫌弃她！”我的眼泪哗哗直流。

和男朋友分手后，我像是生了一场大病，只剩下一具躯壳，但我的心里好受多了。我知道我不是因为失去这份感情而遗憾，而是因为重新认识了很多人和事而感伤。

在家待着的那段日子，我跟妈妈说了很多心里话。她跟我念叨，当初他们想要“二孩”也是为了我，我从小多病，很少有小伙伴和我一起玩，他们是怕我太孤单了……只是他们没想到我会反对，而且态度坚决，实在让他们心疼。

妈妈说：“你别怪你爸后来那样对你，其实他是最疼你的，你受了委屈，他比你还难受。”我怎么可能怪他，又怎么会不知道他对我的良苦用心？

那时，我身体上的病虽然好了，但心里还依然敏感、自卑，唯恐被人当成异类。爸爸怕我困在自己结的茧中出不来，才对我一反常态，不惜用各种招数逼我。我哭，我生气，我吼着跟他吵架，慢慢学会了发泄情绪，慢慢学着去做一个普通人。

我想脱离他的控制，选择了远方的大学，其实他是高兴的。我终于从温室里的小花，变成了一颗皮实的种子，有了强劲的生命力，无论被风刮到哪里，都能落地生根……其实，我在他的调教下，很早以前就已成长为自己喜欢的模样。

生活回归正常后，我关注了爸爸的微博，发现他最近更新了一条："曾经觉得何其不幸，我们穷尽一生的努力，也不过是个普通人；然而，我们又何其有幸，能来到这个世上做一个普通人。"

看完，我在下面点了个赞。

仰望向日葵

木糖猫

1

这段时间，我和她的关系越发紧张。我讨厌她买的过时的衣服，讨厌她那辆老旧的自行车，更讨厌她终日里似一尊泥人，只爱看俗不可耐的韩剧，却极少与我谈心。

即使我的考试成绩排倒数第一名，老师把她叫到办公室，她也只会嘿嘿笑，我在旁边看着她都觉得郁闷。老师叹口气，对她说："洛麦麦这段时间情绪波动非常大，做家长的要留意，不然会特别影响成绩。"她仍旧只是赔着笑，只在走出办公室时说了一句："给您添麻烦了……"

我跟在她的后面，她穿着肥大且汗津津的上衣和碎花点的棉麻裤子，瘦得好像衣服架，风吹过，衣摆呼啦呼啦地摇动，很容易让我想起用来吓唬鸟的稻草人。

"晚饭要吃什么？"她转过头问我。

“吃，吃，就知道吃！我又不是饭桶，老师说的话你没有听到吗？他说我很差劲！”我都有些生自己的气了，当然，更加生她的气。我由班级前10名跌到倒数第一，亏她还有勇气和耐心问我吃什么。

“那我就做红烧鱼好了……”她自言自语，“多吃鱼聪明！”

晚饭我没有吃，我心里的气像一只不安的老鼠到处乱窜，看什么都不顺眼。于是，我连招呼都没有打，就独自走出家门。大街上车水马龙，五彩缤纷的霓虹灯，三三两两遛弯的人，衬得我越发孤单。

我绕到一条僻静的道路，影子在路灯下拉得长长的，像滑稽的小丑。黑夜层层包裹着我，我透不过气，眼睛更加看不清东西，周围黑压压的。我吓得张皇奔跑，谁知一不留神，脚下踩空，掉进了没有盖的下水道。

幸好是废弃的下水道，里面没有水，但是臭气熏天。我挣扎着往上爬，却徒劳无功。我大声地喊：“救命，救命！”没人回应。

天啊，难道我要死在这里面吗？我现在连自己在哪儿都不知道，谁又能找到我呢？

2

时间一分一秒过去，我喊得嗓子都疼了，眼泪哗啦啦流下来。我突然想起她，想起前几天她坐在橘黄色的灯光下问我：“麦麦，你喜欢向日葵吗？”

我鄙夷地抽抽鼻子，都什么年代了，谁还爱那种植物？我最爱的可是香喷喷的百合、红艳艳的玫瑰。“不喜欢，葵花子我倒喜欢吃。”

她笑了笑说："向日葵也叫望日莲，天天追逐着阳光，活得多有希望呀！"她的眼睛亮晶晶，闪成了两颗发光的星。

"又是你的韩剧里说的吧？"我打趣道。现在，她在我的眼里越发变得像俗气的塑料花，了无生趣地落满灰尘。

她重重地点头，赞赏地说："麦麦，你太聪明了！我知道一片向日葵田，哪天带你去看，那一颗颗金色的小脑瓜呀，齐刷刷地迎接着朝阳，露珠在上面滚啊滚……"

我冷哼一声，把书页翻得哗啦哗啦响。她知道我不耐烦，便不再说话，只顾低着头剥瓜子。我嫌她吵，她端着小盘子，离开我的房间，走到房门口，停了停，欲言又止，终于趿拉着塑料鞋"嗒嗒"地离开。

等我去了趟洗手间回来，发现书桌上居然放着一小盘剥好的瓜子仁，白生生的，像植物冒出的新芽。我的鼻头忽然酸溜溜的。

如今在这漆黑、臭烘烘的地方，我没来由地想起她说的那番话，感觉特别有画面感，那片向日葵仿佛就在眼前，她剥的瓜子仁，仿佛在我唇齿间泛着余香。

我的眼泪突然决堤而下，这段时间我做得真的太不对了！我放开嗓门哭喊："妈妈，妈妈，我在这儿呀，你快来，我怕黑……"

"麦麦，麦麦！"夜空中突然传来回应，伴着"嗒嗒"的趿拉声。她找到了我，在无边无际的黑夜中，在这无人知晓的下水道，我想起"母子连心"这个平时我嗤之以鼻的词语，哭得更大声。她知道我害怕，居然不假思索地"咕咚"跳了下来，我被她的举措惊呆了。唉，我的这个傻妈妈！

她跳下来后也意识到自己的莽撞："哎呀，你看我都急糊涂了，你一叫，我就担心你害怕，妈妈在这儿呢，别怕啊，有妈妈在……”她说了一连串的话，然后把我搂在怀里，就像小时候我怕打雷她搂我时那样，殊不知我已经14岁了。

我没有挣扎，靠着她的胸膛，过了一会儿，她猛然想起什么，说：“来，爬到我的肩膀上，你就能上去了。”我只好任由她蹲下身，踩在她弱不禁风的肩上。我明显地感觉她摇晃着，因为现在的我比她高、比她胖。她往上挺了挺，挺直腰，尽力把我往上托：“你别管我，只管爬！”

“妈——”我叫了一声，使劲爬了出去。在上面，我伸手拉她时，却因手臂不够长，够不到她的手。就这样，她在黑夜里等了很久，等我跑到电话亭，打了求救电话，等到警察前来。

是不是天下所有的妈妈都不怕黑？是不是天下所有的妈妈都不嫌臭？只要儿女平安无事，她们就甘愿在下水道里独自待着？

3

我们狼狈地回到家，我连冲澡的力气都没有了。她居然打了盆水到我房间，用热毛巾给我擦洗身体。我既难为情，又感动得要哭，喃喃地说：“我都这么大了！”她笑了笑，没有回应，拿毛巾给我擦脸。等到把我全身擦洗干净，她说：“麦麦，你看，都是妈妈的错，我千不该万不该，不该把眼疾这个毛病遗传给你，让你的视力一天一天变得越来越差，看不清东西。”她停顿了一下，似乎在努力抑制着自己：“唉，我真不是个好妈妈！”

“妈！”我哭出声，这段时间我怨过她、恨过她，恼怒地想永生永世不理她。别人的妈妈都会遗传给孩子聪明啊、漂亮啊，她倒好，居然把疾病遗传给我！可是现在我不再生她的气了，她为了给我看病，连冰棒都不舍得吃，不顾别人的白眼捡空瓶子卖，为了一毛钱和商贩斤斤计较，却肯花几万块给我治病。

“妈，你不是说我的眼睛再做个小手术就好了吗？”我挤出一丝笑容。她总是说再做个小手术就好了，我的眼睛已经做了七次手术，希望接下来真的能赶快好起来。“嗯。”她点点头，“你相信妈妈！”

“妈妈，你说的那片向日葵在哪里？明天早上带我去看吧！”我说。

她笑了笑，端着水盆出去了。

第二天，我早早起床，等待她带我去看震撼人心的向日葵美景。

可是过了6点，她还没有从房间里走出来。我只好去敲门，她打开了门，我不禁呆住了。她穿着一件绘满向日葵的裙子，脸微微泛红，神色尴尬地说：“那都是我编来骗你的啦，我没想到你会要求我带你去看向日葵。咱们在城里，而且这个季节哪里有成片的向日葵？于是，我就想到了这件衣服，上面都是向日葵，这是我最喜欢的……”她微微咳嗽一声，缓解紧张。

“哈哈！”我快活地大笑。说实话，她穿这件衣服的确很滑稽，可朵朵金盘子似的向日葵真实地绽放在我面前，映着她红扑扑的脸，那一刻，我发现她青春不再的脸非常漂亮。

我肯定地说：“很漂亮，这片向日葵值得我仰望。”

妈妈站在那里，就是我的希望。

我愿做你低处的阳光

刘继荣

那天，我回去得略早，在楼道里就听见儿子的声音：“家长真难教育，当孩子就得有耐心啊！”我捏着钥匙，瞠目结舌。听声音，他是在跟同学通电话：“等父皇和母后老了，有了逆反心理就更难引导了。他们会坚信，吃绿豆治百病，吃茄子可长生不老，5000 块钱一个的枕头能令人返老还童……”我笑着，手一软，钥匙掉落在地。

门忽然开了，儿子招手说：“进来吧！”我坐在沙发上，将脸埋在掌心里，又笑。

结束通话后，这个初中男生感慨道：“果然小孩一思考，大人就发笑呀！”我笑够了，仰起脸问：“像我这样的家长，该如何教育呢？”他笑嘻嘻地回答：“妈妈是家长中的尖子生，应该每天给你发一朵小红花，再发一支棒棒糖！”我心花怒放，冲过去拥抱他。他却后退一步：“可是，尖子生也有失误哦！”我又惊又恼，双手交叉，摆出奥特曼与怪兽决战的经典姿势：“代表月亮消灭你！”儿子举起双手大叫：“我请你去公园划船，请你吃冰激凌！”我回嗔作喜，给了他一个大大的拥抱。

公园很静。湖水微蓝，照见初夏的云，照见彼岸的花，也照见来了又去的蜻蜓。孩子的眼睛是静谧的湖水，照见幸福，照见温暖，也照见了我从未见过的自己。

愿做你低处的阳光

儿子告诉我，母亲节前夕，校广播站征稿。同学们笔下的感人故事，如校门口老奶奶篮子里的康乃馨，美丽相似，温馨相似：过生日时烹煮佳肴，雨雪天气时送伞送衣，生病时彻夜守护……儿子说："这些我也都记得，但我有更多美妙的独家记忆。"

我捏着塑料小勺，边听边偷偷挖他盒子里的冰激凌，果然，比我的滋味要好很多。

"因为贪玩，我掉进泥沟，成了一个泥水淋漓的'兵马俑'。我跌跌撞撞，沮丧地敲开家门，妈妈握着炒菜的铲子大笑，赞叹我好帅，要给我拍照留念，还要在我糊着厚厚黄泥的球鞋里种菜。一想到踢球时，鞋子里会飞出黄瓜和番茄，狼狈的'兵马俑'立刻就笑出了眼泪。

"期中考试，我的语文成绩'勇夺'年级倒数第三名。本以为天崩地裂、大祸临头了，可妈妈竟然没当回事，潇潇洒洒就签了字，还顺手画了个笑脸。结果，老师根本就不相信这是家长签的！

"转到新学校后，第一次在课堂上犯倔，把外教的蓝眼珠气成了红色。班主任要请我的家长来学校，同桌说我死定了，要我写遗嘱把所有漫画书留给他。那一刻，我两腿发抖，觉得地球太危险，一定要逃离。可结果呢？老师们爱上了风趣的妈妈，我爱上了外教的口语课，同桌只好用自己的压岁钱买了一套漫画书……

“这样的故事，真的太多。妈妈的笑声，是我童年里最奇妙的光，它比阳光柔和，比月光明朗。在这样的光里，我可以跑，可以跳，也可以像做梦一样到处飞。那个隔三岔五挂着哭脸回家的小孩，终于成为一个有担当的男生。”

我喉头微哽，咬着小勺问：“为什么还不讲妈妈的不足？”

“马上开始！”儿子抽走已被我咬得扁扁的勺子，温和地说，“这个不能吃！”

他看着我的眼睛：“我长大了，可是妈妈没有。”我讪讪道：“原来，你早就发现我偷吃你的冰激凌了！”他惊愕地看着空掉的盒子，啼笑皆非。

沉默了一会儿，儿子说：“我发现一个秘密，爱笑的妈妈，实际上是个脆弱而骄傲的小女孩。”他顿了顿，继续说：“这半年来，从姥爷患病到去世，你一直表现得坚强乐观，几乎连我都被你骗过去了。”

我的心似被针扎了一下。我无法忘记，在父亲最后的日子里，我抱着他，如同抱着一个婴儿。我整夜握着他的手，却无法留住他。

“妈妈在白天谈笑风生，可每夜每夜在梦里哭。”儿子凝视着我说，“一个人，小偷般背负着伤心的大包袱，却不肯分一点点给我扛，太看不起人了！”

“你像个骄傲的小孩，只愿做我的太阳。可我更愿意学着妈妈的样子，发出光芒，即使只能发出手机屏幕那样弱的光也行！”

我抬头，清晰地看见，他亮晶晶的瞳仁里，坐着个豆粒大小的我。

“如果难过，不必忍到天黑才哭；如果遇见麻烦，就像别的妈妈一样叹息、唠叨、闹脾气；如果太累，躺在沙发上吆五喝六也没有关系。我做不了妈妈高处的阳光，但我愿意做你低处的阳光……”

我胸口酸热，喉头发哽，低声喝道：“停！给你一分钟时间，你确定不会后悔吗？”

起风了，石子在水底一漾一漾，花树向前探着身子。他清清楚楚地回答：“我确定！”

我笑起来，眼泪肆无忌惮地涌出。我此时才明白：长大，不是独自彷徨走夜路，不是在迷雾中苦撑到崩溃；长大，是懂得分享晴明，也懂得与亲爱的人一起分担突如其来的阴霾。因为高处有高处的阳光，而低处也有低处的阳光。

孩子的爱，也需要一条宽广的跑道

暑假的第一天，我就扭伤了脚，按部就班的日子突然跳闸。我坐卧不宁，焦躁不安，平均5秒一次，察看肿胀瘀青是否消退。看天光渐暗，我忧心忡忡，康复的日子，要靠外卖和泡面活命吧？

打篮球的儿子回来了，我以为他会惊慌失措、黯然神伤，陪我一起看伤脚。果然，一切如我所料。不过，在尖叫、唏嘘、抚摩之后，了解到没有伤筋动骨时，他迅速恢复了平静：“妈妈，晚饭想吃什么？我去做！”看他眉梢扬起，语气里竟有几分雀跃，我心里生出小小的伤感：看来，我并不重要。

我被他背到厨房，安置在一张椅子上。他假装娴熟地切西红柿，差点切到手指，然后手势欢畅地打鸡蛋。最后，他拿出大厨的样子颠炒勺时，我紧张得尖叫："别砸到我的头!"我终于被背到餐桌前。说实话，类似于汤面条的面糊味道很棒，我吃得满头大汗，嚷着再添。饭后，还有一盆温度适中的热水，等着安抚我肿得胖乎乎的脚。

整整两周，我过得无比逍遥：要看电视，遥控器会被送到手边；要上卫生间，有人殷勤搀扶；要睡觉了，枕头会被拍松摆好。

我感慨："还是生病好啊，有人疼有人爱的!"孩子纠正说："不生病也有人爱呀！只不过，我的爱被你的爱挡住了去路!"

我万分委屈："我的爱是山大王吗？是会劫道还是会下绊马索?"他直言："比这个还要厉害！在超市你挑选的都是我爱吃的东西，你的收藏夹里都是我爱听的音乐，书柜里摆的都是我喜欢的作家的书。但妈妈喜欢什么，是我很长时间都无法探知的奥秘。"我怔怔地看着他：十多年来，我视孩子如生命，早已忘记还有一个自己，我花光所有的力气，唯恐给得不够多，今天却被孩子一句话否定。心里，有说不出的茫然。

孩子诚恳地看着我的眼睛："妈妈的爱，像紫藤萝瀑布，重重叠叠，密密匝匝，开到不留缝隙。妈妈没有看见，我也有鲜花、阳光和新鲜的空气，急切地想送给你，想听到你惊喜的尖叫，想得到你赞赏的拥抱。"

我喃喃道："可是，我却竖起禁止通行的牌子，我说我不老不病，无须你的照顾。"

儿子说："你看这些天，我煮面会煳锅，泡菊花茶会烫到手，炒菜不知道该放多少油盐。假如我的爱一直得不到实习的机会，单单等到爸爸妈妈老了、病了，十二道金牌急急宣过来，我肯定会手足无措，节节败退。"我禁不住凝神，想必那时病弱的我，必会怨念丛生，唠叨不止，却不知是哪个环节出了问题。

那天下午，我们谈了很久。我终于知道：真爱一个人，无须全心全意到忘我；真爱一个人，不是化作春泥护花树，而是相邻开花，相视微笑。多年来，我一直以儿子为主角，扮演忠心耿耿的保姆、厨子、护士；我总觉得给予是快乐的，却忘了孩子也需要这份快乐的滋养。

孩子说："我长大一点儿，妈妈就要向后撤退一点儿。我的爱，也需要一个宽广的跑道。"

我明白，这种撤退不是疏离，是深爱。即使父母的爱是紫藤萝瀑布，也要让孩子的爱长成一棵参天大树。

比正确更愉快的事

秋天的黄昏，像早晨一样静好，没有阳光，空气清润如玉。我心平气和地跟孩子谈起他最近的情况：数学考试连连失利，演讲比赛被淘汰，试图加入一个高年级的街舞队被拒……

我颇为惋惜地说："如果你肯听妈妈的话，接受那位数学家教的辅导；如果你当初使用我替你修改过的演讲稿；如果让妈妈先去与街舞队队长的妈妈沟通，这些失败都是可以避免的。"

孩子摇头："不！妈妈，不是这样的！"

接着，他有些激动："从小学至中学，妈妈一直教给我各种经验和技巧，避免错误和失败。小时候我觉得妈妈是诸葛亮，可现在我越来越觉得，自己像是被一位能干的导游带着，在各个景点迅速奔跑的游客。所有的路线都已标明，所有的奇观都在旅游手册上事先预习过。这样的旅途，不会迷路，不会受苦，却也没有神秘，没有惊喜。很多次，我试着做V字手势，却没有胜利感。”

我极为震撼，说不出话来。窗外，暮色渐浓，如第一道茶，我眼睛微涩。孩子的语气渐渐平静：“妈妈可能觉得我固执：家教可以在三分钟内讲清的题目，我花两小时自己解出来，最后还得了一个大红叉；明知演讲稿不完美仍坚持使用；知道会被街舞队拒之门外，却还要去碰一鼻子灰。可还有很多事，我要告诉妈妈。”

“虽然错题不断，但数学老师夸我有思想、有潜力；演讲打了低分，我才明白，自己的写作水平欠佳。”说着，他皱皱鼻子，拿出男孩特有的顽皮相，“我又去缠了那些大哥哥很多次，他们仍然不要我，可那位跳得最棒的队长，答应每周教我跳舞！”

“这是真的吗？”我兴奋至极，与他握手、拥抱。原来，这世上有比正确更愉快的事情。

常常有相熟的家长，称赞我教子有方。他们不知道，孩子们教育家长也很有方。在孩子那里，我学会了如何长大，如何去爱，如何在漫长的人生旅途中采撷到一朵又一朵惊喜。

你是天上最近的那颗星星

刘　斌

1

外公出院以后，总是喜欢一个人待着。

妈妈想留他在城里多调养一段时间，可外公早早就把行李收拾好，心心念念想要回家。妈妈拗不过他，只好开车把他和外婆送回镇上。

推开那扇熟悉的大门，外公的神情明显有了亮色，手脚也灵活起来，不再是睡在病床上时那副昏沉憔悴的模样。外公像一棵被移植的梅树，在路上耽搁了许多天，枝干枯萎了，可刚落地，树根埋进故乡的泥土里，一下子便有了生机。

中午，我去喊外公吃饭时，他已经靠在躺椅上睡着了，瘦弱的身子整个都陷了进去，搭在扶手上的右手，如一片枯萎的梧桐树叶，青筋条条分明。

外公的晚年，大多数时间是在那张躺椅上度过的。他和外婆都是生活自理能力非常强的老人，他们一共有七个孩子，除了逢年过节，外公会把大家聚在一起热热闹闹地团圆外，其他时候，他们几乎不会打扰孩子们的生活。外公和外婆是相互依偎的水生植物，一年四季都默默守着身边的池塘，从不埋怨，也从不喧闹。

前几年，过完八十大寿的外公突然来了兴致，爱到处走走看看，今天去外地的女儿家吃饭，明天就启程去舅舅家抱重孙。赶上好天气，他还会坐上进城拉货的小三轮，去乡下老家打麻将。

逢年过节，大人小孩围在一起，聊最新潮的话题，外公参与不了，就坐在不远处的躺椅上慈爱地看着我们。他听力已大不如前，经常听不见我们说的话，有时只能听清只言片语，把握不了事情的来龙去脉，可他又像幼儿园的小朋友，总是特别积极地发言，逗得大家又气又笑。

2

那时的外公，用外婆的话来说，就是“一朵拴不住的云”。他像一块吸水的海绵，总想把缺失的经历都补回来，于是大把大把地积攒记忆，试图填满被时光消磨得日渐干瘪的身体。

直到上个月，外公突然病重再次被推进急诊室，医生连续几次抢救都收效甚微，甚至还下了病危通知书，要求家属签字。我瘫坐在地上，冰凉的地砖逼得人心凉，刺眼的白炽灯一直延伸到走廊尽头，耳边接连不断的哭泣声像一阵阵汹涌的浪潮，把我狠狠地推进了海底。

我站在ICU（重症监护室）前，被那扇自动门拒之千里。天上的星星看起来都挤在一起，但其实每一颗都相距非常遥远。我和外公此刻明明离得很近，却隔着一片永远都无法越过的“海”。

那段时间，家人们轮流来医院照料外公，两周后，外公竟奇迹般地好转起来。我积蓄多日的泪水终于夺眶而出，感谢死神，在最后一刻将他还给了我。

经过这场大病，外公又恢复了以往的状态，整日都待在老房子里，任凭爸妈磨破了嘴皮，再怎么诱哄，他也倔强地不肯踏出家门一步。

外公就像一台老式家用电器，日日夜夜辛苦地运转了一辈子，内部的零件都已经损坏，用尽最后一丝力气努力维持现状，却依然避免不了被岁月换新的命运。可即便被时光闲置，他也不愿离开这个他为之奉献了一生的地方。

3

寂寥的深秋，人世间的繁忙与躁动被季节一点一点蒸发，只留下金子一般细碎的秋阳。万物都静默失声，虔诚地站在凉风中，细数着来时的路。外公在院门口摆了一个棋盘，偶尔有路人经过就下两局。无人对弈时，他就戴着老花镜，趴在板凳上写诗，或靠在躺椅上读报纸。有时什么也不做，只是静静地坐在那里，像一棵扎了根的老梧桐树，任秋风在身上打转，落满一身时光的凉。

我每隔一周就会从学校回家过周末，爸妈便经常带我回老家看望外公外婆。

他们住的是老式的平房，有一个种菜的小院。两边新建的高楼把阳光都遮住了，冬天，老房子又潮又冷，呼啸的北风穿堂而过，像钻子一样在人的皮肤上来回钻。夏天，又热又闷，数不清的蚊子扰得人心烦意乱，堆积多年的旧家具散发着一股霉味，让人透不过气。

可就是这样一间简陋的房子，曾是我最快乐的地方。

小时候，父母都在城里工作，爷爷奶奶仅在我出生时出现过一次，就再也不见踪影，是外公外婆主动站出来，守护了我的整个童年。

春日，外公外婆带我去田埂上挖野菜、扑蝴蝶；仲夏，有床头那整夜摇晃的蒲扇和数不清的棒冰；深秋，趴在外公背上打桂花，缠着外婆一起做香喷喷的桂花饼；冬天，是一件接着一件的崭新棉袄和比其他孩子都要厚上几倍的红包……老房子是莴苣公主的城堡，它隔离了一切现实的烦恼，变成了每一个女孩子都梦想拥有的童话王国。

4

后来，我回到父母身边读小学，外公隔三岔五就会坐进城的早班车，拎着大包小包的美食来看我。就连现在，病中不爱说话的外公，每逢出门，也总会一遍遍地问："斌斌在哪里？""斌斌去不去呀？""我要和斌斌坐在一起。"在得到了肯定的答复后，他才会满心欢喜地坐在车上。

如果我可以把过去写成一本回忆录，外公和外婆无疑是书中最动人的注脚。成长哪里有那么多的岁月静好，不过是仗着他们的偏袒与疼爱，我才能肆无忌惮地玩闹，无忧无虑地长大。

我从不曾怨怼爷爷奶奶的不公。每个人的爱都是有限的，他们给了别人一杯水，就不可能再给我同等的分量。没有喝到水的人，往往穷其一生都在眼巴巴地瞅着别人的杯子，可是作为被外公外婆偏爱到有恃无恐的那一个，我从未感到过望而不得的不快乐。

外公给予我的疼爱与呵护远甚于其他孩子所拥有的，这一份完整的爱，让我原本单调无味的人生有了无限的价值与意义，让我在茫茫人海中变得有那么一点点与众不同。

我曾经失去了海洋，可外公给了我一片星空。人的一生有如四季，待浓烈的夏日逝去，白昼就会渐短，黑夜越来越长。在深不见底的暗夜里，每当我仰望云端，他永远都是离我最近的那颗星星。

来自父母的爱，需要时间和智慧提取

韩云朋

1

童年时的我，很崇拜父亲。

因为他似乎知道许多我不知道的事，也常能讲出一些朴素却实用的道理。可进入青春期后，我一次又一次地“见证”了他的判断“失灵”，这让我开始觉得，对他的观点，也不能全信。

这种前后对比，一度令我陷入矛盾：父亲的话，有时对，有时不对，一生那么长，他一定会给我提越来越多的建议，那我到底什么时候该听他的建议，什么时候该相信自己的判断呢？

与这种犹疑相伴的，还有一丝愤怒：您自己说的话都不一定对，还动不动就给我下指令，这不是添乱吗？

所以，我也常常与他争吵、赌气。这个“死结”好长时间都解不开。

直到大学二年级，我选修了一门沟通课，学到了一个知识点，人和人之间，传递的内容分两种：一种是主观看法，另一种是客观信息。信息是可复制、可借鉴参考的，观点却因人而异，因时制宜。

长辈们总想把来自自己那个时代“亲测有效”的经验，一股脑儿地灌输给子女。他们在灌输时不会区分哪些是可供参考的信息，哪些是局限于那个时代的观点。他们想的只有一件事：多告诉你一些东西，尽可能地帮你成长得更顺利。

那一刻，我找到了对待父母意见的办法：凡是客观信息我都默默记下，当作参考；遇到主观观点，要谨慎吸收，多处求证，并追问得出该结论的论据，看看有没有留下过去时代的烙印。同时，我也更加理解长辈们的心情：他们表达爱的方式可能不太高明，但无法否定他们爱我的初心。

于是，我再也没跟父亲发过火，哪怕他说的不对，我也会先回一句：“您的出发点是好的，您这么说也肯定有您的考虑。”

然后回过头来，怀揣感激，继续按正确的路线行进。

2

从我读初中开始，母亲便身患重病，辗转全国求医，我只好住在老师家里。在高中与大学阶段，我都住校，一年跟母亲的相处时间加在一起不到两个星期。

渐渐地，我发现一个问题，母亲对我特别不放心。在她的心里，我始终是一个长不大的孩子。每次和她通话，她嘱咐我的都是一些很简单又很琐碎的事情。

有一次我忍不住问她：“妈，我都这么大了，也在外面独立生活了这么久，您怎么就是不信任我呢？”

母亲说：“我也不知道是怎么回事，可能是因为和你分离的时间太久了，一想起你，我的脑海中就浮现出你上小学时的样子，就总想对那个小小的你多说几句。”

我恍然大悟：这件事，还真怪不得母亲。由于我和父母聚少离多，父母错过了我的部分成长期，没看到我已经成熟，如果我不向他们展示一下，他们就无从知晓我的能力，便会对我不放心。于是从那以后，每次跟母亲打电话，觉得无话可说的时候，我就挑一个自己最近面临的小问题，并告诉她我是怎么思考，又是怎么解决的。家里遇到什么情况，我也会尽可能理智地帮忙分析两句。

久而久之，母亲通过这些信息，终于意识到我长大了，便不再对我叨唠，也更支持我独立做决定。

3

从小到大，父母都要求我上进，告诫我勤勉，鼓励我不服输、不认命。

这起到了一定的正面作用：我的成绩一直很好，大学毕业后我找到一份不错的工作。但随着生活的推进，“副作用”也一点点显现：我常常会陷入与他人的比较当中，总会莫名地惧怕落后，备感压力。

一次下班后，我向父母倾诉自己的苦恼和恐惧，不料他们不似当年那样积极鼓励我，反倒云淡风轻地说道：“哎呀，不用给自己提这么多要求啦，过普普通通的小日子不挺好吗？知足常乐，起码你不用像我们一样，下地种庄稼了。”

我很纳闷："当初你们可不是这么说的啊！"

父母笑道："当时我们担心你小小年纪就以避世为借口，不肯吃苦用功，怕你将来处处都被生活牵着鼻子走，对你提要求，是想让你在未来的生活中有更多说'不'的权利。如今你已长大成人，走上正确的轨道，我们只想让你过得更加满足、开心与平静……"

挂掉电话后，我摇头笑笑，回忆起过往的点滴经历，慢慢想到，也许这就是父母吧：他们在平时会对我们唠唠叨叨，在遇到事情时会情不自禁地向我们传授经验，在我们年少时会推着我们去追求远大目标，在我们焦虑时又会劝我们安于内心。是的，他们会有很多让我们难以理解的举动。

但在诸多表象之下只有一个不变的真相：他们是真的爱我们。

只不过这份爱需要我们用智慧一点点去消化，用耐心去轻轻安放，也需要经由我们的成长和成熟，去和解，去回味，去参透，去感激。

报仇的人来了

周云龙

儿子留学前有段空闲时间，提出去国内几个城市转转。父子二人游，对我而言是“素质提升夏令营”，儿子则是“夏令营营长”。短短一周，我发现了自己的种种问题。

儿子出发之前就有点儿咳嗽，一路上，我不断提醒他按时按量服药，却遭到一顿反驳：“知道了，这句话你已经说三遍了，能不能不要像老妈一样絮絮叨叨？”

路上我带着一件书画卷轴礼品，塞在背包里高出一大截。地铁里挤上挤下，儿子看不下去，发出警告：“能不能不给别人添麻烦？你那个礼品背在身后，很容易碰伤别人，别人都要让着你。竖着放在自己胸前，不好吗？还有，你等车时总喜欢站在盲道上。”

我们住在一家连锁酒店，离开前决定到顶层的一家火锅店一探究竟。午间，火锅店大厅空无一人，我随口问服务员：“这幢楼住客这么多，火锅店的广告又天天宣传，怎么还是没人？”回到客房，儿子突然教训起我来：“你怎么这么说话？”我如实交代：“我是好奇在营销广告和实际销售之间有着什么样的关系。”儿子大声诘问：“你有新闻敏感度，但你考虑人家的感受了吗？你太自以为是了，大厅没人，人家不知道，要你说破？”

和儿子同行，我被他一路说教，这似乎是他对我多年教育的一次强势反弹。作为长辈，我感觉没面子，但静下心来想想又不无道理，仔细琢磨似乎有点儿意思。

在职场上，你的那些小毛病、认知问题乃至致命弱点，主管不会说，同事不愿说，下属不敢说。所以，你常常会带着某些缺点一路狂奔，直到触犯别人的底线，才有人找你算账。不过，如果你家有成长中的孩子，那么恭喜你——他们不会顾忌你的辈分、身份和面子，而会以他们理解的做人做事标准要求你。

当年，我给父亲出过不少难题，也给过他不少难堪。父亲 40 岁那年，我才出生。年龄、观念的差距决定了父子之间共同语言的缺失，也决定了我们之间会有龃龉。

父亲如果在世，今年也 90 岁了。他离开那年，我儿子才 6 岁，什么都不懂，但是当爷爷弥留之际交代他“将来要考个研究生”时，我儿子居然认真地点了点头。

父亲走后，我成为一个独立的父亲角色，常常想到和父亲辩论时的场景。我爱逞一时的口舌之快，而本来要强的父亲只是报以无奈的苦笑。我常常懊悔自己没有对父亲多些耐心、多些尊敬，哪怕语气温和一些也好。

儿子出国读研究生了。乡邻跟我说，我父亲若在世，不知道要开心成什么样。我想，他一定更乐意见到我与儿子之间的“嘴仗”。20 多年前，儿子出生时，他就开心地预言过：“哈哈，替我报仇的人来了！”

父子之间“嘴仗”的背后本无所谓仇与恨，只是世界上两个最亲密的男人之间的较量，往往是幼稚的弱者向成熟的强者单方面发起挑战，是后者对前者爱的一种体现。不同的父子，不同的格局。当弱者成熟起来，强者衰老下去，这种紧张的关系便日渐缓和、温柔起来。

我想，当年我的父亲应该能理解，而我也早已识破儿子的真面目。他的咄咄逼人里有几分是恃宠而骄，有几分是得理不饶人，有几分只是脑筋急转弯，还有几分是夹杂着亲密的嗔怪。

住手吧，反派爹

鱼　鱼

1

我一直觉得如果现实是本小说，那么我爸就是小说中惹人厌的反派人物，经常给别人，尤其是给他的女儿造成很多困扰。我们之间的相处并没有像普通父女那样温馨，相反，我们的日常充满了“血与泪”。

他的确是一个好爸爸，但是有时候有些不靠谱。听我妈说，小时候我爸跟我玩追击游戏，一个没注意把我从二楼推了下去，脑门上磕了好大的一个伤口，直到现在还有疤痕。所以，我爸的存在无疑给我的成长增加了很多挫折。别人家都是孩子“坑爹”，我家却是老爸“坑女儿”。

从小到大，我都是跟妈妈亲近，我爸看在眼里，酸在心里。我爸更是使出浑身解数来“争宠”。然而，反派就是反派，每次的行动几乎都以失败告终。

2

生活就像一盒巧克力，你永远不知道下一块是什么味道。是啊，在我以为我买的应该是一整盒牛奶巧克力时，突然发现那个无良商家把一大把黑巧克力放在了下面。

尝到第一块黑巧克力，是暑假我爸带着我去游乐园。

虽然我长大了，已经是个不苟言笑的淑女了，对游乐园嗤之以鼻，但奈何我爸粗糙的外表下有一颗闪耀的童心，最后我们还是迈入了梦幻的大门。

漂流一向是游乐园的热门项目，谁能在夏天抵挡住这清凉的诱惑呢！于是一进游乐园的大门，我就迫不及待地去排队了。

我爸却不跟着我一起排队，他慈祥地朝我笑了笑，示意他在外面等我。虽然那发福的身影一如往常，但我隐隐觉得有些不安。

果然在小船经过一处拐角后，一股杀气扑面而来。玩过漂流的朋友都知道，漂流的水道两旁会设置一些喷水机，路人只要投币就可以朝坐在船上的人喷水。

各位观众，我们可以看到，此时挤开一众小朋友，霸占着喷水机的居然是一个无聊的中年男人。只见他双手把住喷水机的方向盘，像一只奓毛的大公鸡对准了一条肥虫一样，发起了攻击。一道道水柱无情地扫射在他无辜的女儿的脸上、身上，原本就单薄的雨衣在水柱的冲击下散落开来。这是何等残忍的单方面碾压呀！

我努力用严肃的眼神传达出适可而止的信息，但迎接我的是更猛烈的水流。显然，这个男人的眼里已经没有什么血肉亲情了，只有生死决战。水流从四面八方涌过来，我身上已经湿透，眼前更是模糊一片。迫不得已，我拿下了眼镜。

然而就在这个时候，小船终于到了最后一个俯冲点。随着游客的一声尖叫，我迷茫地拿着眼镜，看着身边的人用雨衣包住自己并俯下身去。还没反应过来，一阵失重感包围了我。我忍不住尖叫出声，但刚张开嘴巴，一股巨浪就扑面而来，恍惚中，世界都安静了。

我浑身湿漉漉地出来时，看到了我爸那张幸灾乐祸的大脸。但很快他就笑不出来了，因为我告诉他，我的眼镜丢了。

"啥时候丢的？"

"刚才你用水流攻击我的时候。还有，我会把一切都告诉妈妈的。"看着我爸一脸震惊的表情，我轻轻加上一句，"你完了！"

3

反派爹不仅在肉体上攻击我，还在精神上刺激我。

相信很多人都追过电视剧《小欢喜》，对里面沙溢出演的乔卫东应该印象深刻。而我家就有一个"王卫东"。

和乔卫东一样，我爸也是个"女儿吹"，从小到大，我拿回家的试卷无论多糟糕，我爸都会用赞赏的目光看着我。而且和传统的父亲不同，我爸从来不羞于表达自己对家人的爱。相对而言，我反而是严肃保守的，非常不爱听那些肉麻的话。

每次坐上我爸的车，只要看到我爸温柔得让人起鸡皮疙瘩的眼神，我就觉得完了。果然我爸马上开始了他的"深情告白"："爸爸的女儿啊，这个世界上只有爸爸是最爱你的。"

我不慌不忙地拿出我的手机，打开没追完的电视剧，并打开扬声器播放。

这当然阻止不了我爸的独白，他继续说道："早上爸爸一想到你要去上学，觉都没睡好，就爬起来给你熬粥。粥需要熬特别长时间。你妈那会儿还在睡觉……"

我叹了口气，拿出耳机塞进耳朵，继续看电视剧。

我爸欲言又止，只能像怨妇般长叹一口气，语调之幽怨，足以把贞子吓回电视中去。

人到中年，爸爸像是打开了什么开关一样，无时无刻不在向我表达他的一腔爱女之情，简直让人无法承受。

不仅如此，为了和我有共同话题，我爸特地去了解了一下年轻人的世界。他会假装无意地说起最近发生的热点事件，想要引起我的兴趣，然而那些事件我早在一个月前就在微博上看过了。

"你从哪儿看的新闻啊？"

"今日头条，挺热门的那个 App。"

"你不知道我们年轻人都看微博的吗？"

看着垂头丧气的爸爸，我心里突然有些负罪感。虽然他之前干的事很不靠谱，但是他毕竟也是我爸，一个 50 岁的中年男人为了女儿能做到这种地步，也挺不容易的。想到这，我就心软了，转过头试图安慰我爸。

最后的结果是，我不得不生无可恋地接受这"今日份"的来自老父亲的"深情告白"。哦，这个"心机男"，夸自己的时候还不忘贬低一下我妈。

4

虽然我戏称爸爸为反派，但他是我心目中最好的爸爸，是撑起一个家的顶天立地的男子汉。爸爸，你老是抱怨我冷漠，但是你满满的爱让我知道，即使我不做什么，你还是会继续爱我。同样，每一次看着你的眼睛，我已经感到被爱的幸福，即使你不做什么，我还是会继续爱你。

和老爸一起热爱柴米油盐的日子

多　多

据我爸说，结婚当天我妈就戴着围裙有模有样地走进了厨房，声称要弄个三菜一汤，并郑重表示不需要帮忙，她可以独立完成。我爸高兴地坐在沙发上，心里美得冒泡，一不小心就睡着了，还梦见自己娶了个能干的仙女。三个小时过去了，我妈叫醒了正流着口水的我爸。我爸一睁眼，看见自己的仙女正小心翼翼地捧着一碗水煮白菜。

后来，他们俩可能就是依靠着这种或是加了醋或是放了酱油的水煮白菜过了很多天。估计是太悲惨了，他们也没有给我详细讲过这段经历。反正从我记事起，就没有见我妈靠近过厨房，倒是我爸统治了家里的厨房。

我妈总对我说，你爸拿手术刀的手用来做菜，切菜利索，剔骨干净，放调料不手抖，倒酱油不过量，颠锅力气大，火候掌握得刚刚好，做的饭特别好吃。

在很长一段时间内，我都对这段关于职业性的论断深信不疑，并坚定地认为我妈不是不想做饭，也不是不热爱烹饪，而是受职业所限做不好饭。

但我爸这个“饲养员”，并不是每天都能准时出现在厨房里的。比如他有手术的时候，就不能兼顾家里躺在案板上等着“开刀”的白斩鸡；比如他查房的时候，就没法关照家里同样需要“问诊视察”的排骨玉米汤。每当这时，我妈和我就只能守着小电饭锅，一边吃着方便面，一边期盼着“饲养员”早点归来。

后来我爸发现，他下班回来后家里的两个人总是萎靡不振，尤其是我，总是一副看起来又呆又傻的样子。我爸没有怪我在学校没学好，而是认为这种情况是由于营养缺失而导致的间断性智力衰退，气得我妈心力交瘁。

于是我爸从姥姥家借了一口大锅，买了一个大冰柜，换了一个大铲勺，整得就像电影里公社的大锅饭一样，只不过这个公社只有我和我妈两个人。但大厨可一点儿都没有因为人少就偷工减料，相反每次都恨不得多做几锅。冰柜里常年储藏着切好块的红烧牛腩，分小碗密封的炖羊肉，保鲜膜包住的鸡腿。这样，即使有时我爸因为工作不能按时回家做饭，我和我妈两个人也有饭可吃。这个放满了美食的冰柜，让我能够继续茁壮成长，更重要的是，也保证了我的智力没有出现进一步的衰退。

我念高中的时候，我爸喜欢上了看美食节目，还买了好几本菜谱。我家的餐桌上，开始出现牛排、煎鱼、丸子、虾仁等好看又洋气的美食。这份对烹饪的热忱迅速地占领了我爸 70% 的业余生活时间，而这个时间是从他每天下班后的 7 点钟开始的。

所以我和我妈常常在凌晨两点被唤醒去品尝他新研制的特级酱牛肉，在清晨被投喂酒精挥发完的红酒皮皮虾，在晚饭过后进食整份卤猪蹄和小甜点。最后，我爸的热忱因着我妈飙升的体重悄无声息地降下温来。

后来我离开家去上大学，每次回家时，在楼道里远远地就能闻到熟悉的饭香。有一次我把火车时间看错了，其实第二天才能到家，我给我爸打电话时，他竟然有些生气地说："羊肉都炖一下午了，我还得把火关了。"我妈安慰我说："别理他，他一上午都在用大刀剁骨头，心里烦躁得很。"那时候我好像不能理解，觉得火关了，明天再打开就好了。

再后来，我出国读书，离家更远了，也没有了食堂里 7 块钱就可以买到的酥炸里脊和麻辣藕片，为了能随时享用记忆中的味道，我决定自己做饭。

这时，我爸的职业性又发挥了重要作用，每次远程教我做饭时，他从来都不会使用少许、一些、酌量这些模棱两可的、对新手极为不友好的度量单位。相反，他会说一把、两勺、三颗这样清晰明了的量词。当然，他认为炖肉要焯水、沥干血水是一种基本生活常识，所以根本没想过要叮嘱我处理食材时做这方面的处理。于是我独立完成的第一道大菜，是布满血渣的番茄牛肉汤。

在我爸孜孜不倦的教导下，我很快就学会了炒菜。在平底锅里倒一层油，等油接触木铲发出噼里啪啦的声音时，就说明油温适宜，可以放入食材了，这时油不会溅出来飞到头顶。蚝油是一种很可爱的调味品，素炒蔬菜时放一点总不会错；料酒太贵了，买瓶烈酒在腌肉的时候用，效果也一样好；不喜欢吃葱姜的话可以放一点蒜末，既杀菌又提味；煲汤时，整段葱和大片姜是必不可少的；此外，像是黑椒酱、叉烧酱、海鲜酱这样的成品酱，偶尔放一放，可以假装自己的厨艺有了质的飞跃。

在实践中我终于发现，我妈说的职业性与做饭其实并没有太大关系，因为分清牛肉、猪肉和鸡肉并不需要生物学知识，剔骨也不要求有解剖学基础，调味更不需要药剂学理论，只要有正常的四肢和味蕾就足够了。我妈就是不爱做饭，所以我才不相信她关于退休后要好好学做饭的话。

以前我特别不理解，为什么每次我在回家的路上要求去吃炸鸡，我妈都非常坚定地拒绝，说我爸在家做好饭了，等着我们回去吃呢，平常我妈可是基本上什么都依着我。那时候我心想，要是今天能不吃爸爸做的饭就好了。

直到现在，我才知道一顿饭意味着什么。《新闻联播》7：30 结束，7：35 播放《天气预报》，7：40《焦点访谈》开始。每天电视都在循环播放，餐具重复摆上餐桌，每顿饭都很好吃，3 个人聊聊天，磨磨蹭蹭地吃完饭还能看会儿电视剧。

我终于体会到原来给家人做饭是这么有动力的一件事，充满了幸福感，甚至有一种说不清道不明的荣誉感，就连清洗动物内脏这样的事都变得令人愉快了。如果吃饭的人没按时出现，或者没来吃，做饭的人就会变得失落，裹着淀粉的鸡丁好委屈，焯过水的西兰花很难过，摆好的盘子也高呼着不开心。

我突然理解了几年前的那件事为何让我爸那样气愤。是啊，准备一道大菜是个很漫长的过程，几小时的劳碌可能就为了刚出锅的那一口美味，差了几分几秒，味道就大不一样了。

不知道是谁说过，在食材面前，人心好像都变回赤子之心了。怀着简单的希望，只想要它们好吃。所以做饭的人才会格外在意那一分一毫的美味，因为他们的愉悦感，几乎全都来自品尝者欣喜而满足的表情。

我希望自己能再多继承点老爸的基因，热爱柴米油盐的日子，对未知充满期待。

成长的桥

陈　敏

我记事很晚，在很多人眼里，我是一个不折不扣的笨小孩。

上学第一天，回家时在巷口碰上母亲，她问："老师今天讲了啥？"我想了半天才挤出3个字："脚板印。"母亲又问和我一起回来的同学，她说："老师要我们脚踏实地，好好学习。"大家一阵笑，我也跟着笑。

有一次我不小心摔破了家中一个珍贵的花瓶，我把碎渣扫到地板中央，再搬一个小板凳老实地坐在旁边。母亲回来生气地责骂我时，我振振有词地说："老师说要表扬诚实的孩子，您却批评我！"母亲忍不住"扑哧"笑了。

也许是因为智商有限加上读书不用心，虽然花了很长时间，做了很多努力，但是小学时我的成绩并不理想。别人家的父母见了面总是夸自己的孩子如何了得，我的父母只能一边讪笑，一边借机脱身，回家后他们彼此安慰说："孩子老实，心眼又好，读书也自觉，就别逼她了。"那时我真想把课本煮了熬汤喝，像皮皮鲁那样，除此之外，我想不到别的法子把书读好。

懵懵懂懂长到 9 岁，我的思想第一次发生重大转折。

那年，春天的花开得特别艳，我家向阳的窗台下的花朵更是芳香扑鼻。我喜而忘形，一手扳窗，一手摘花，却忽略了我扳着的窗子是没有插销的。一分钟后那扇要命的窗子开了，我像球一样从二楼掉下去做了自由落体运动。后来听说是好心的路人送我进了医院。母亲闻讯脸色变得苍白如纸，身体支撑不住，当即昏倒在柜台内。好不容易慢慢苏醒过来，喊了一声“我的孩子”就泪如泉涌，跌跌撞撞地往医院跑。而父亲一脸煞白，骑单车撞到了电线杆，爬起来车子不要、泥水不管地直往前冲……那天医生差点儿给我下病危通知书，警告我的父母必须让我一直保持清醒的意识。于是父母每隔一小时便忐忑不安地唤我一次。昏昏沉沉往下坠落的我，就被父母一声一声柔和而有力、平缓而又焦虑、掺杂着心疼与希冀的呼唤拉回了这鸟语花香的世界。

那年期末，我破天荒考了全年级第一。邻居说我这一摔没留下后遗症已是万幸，想不到还摔开了窍，变聪明了。只有我自己知道那是为什么——再笨的小孩，有父母的爱这座桥，也会成长为顶天立地的栋梁。

云深不知处

今我来思

被嫌弃的童年

我小时候无数次思考过自己的身世问题，因为在我漫长的成长期，我妈无私地为我“购买”了《被嫌弃的松子的一生》真人体验版。

其实有时候想一想，这似乎也不能全怪我妈，大抵是自然属性决定了我骨骼清奇、自成一派。我曾经长久地认为，核桃、板栗之类的果实长出来的时候就应该是超市里的样子，红枣的一生都是充满皱纹的。如果这还能勉强归因于我年少无知，那么当我在小学毕业班会上说出理想的那一刻，我妈仅剩的那点儿憧憬也随之幻灭了。

那一天，听着同学们口中蹦出诸如科学家、天文学家、地理学家等陌生的高级词，我很茫然地上了台，然后深吸了一口气，说：“我要成为一名发明家！”台下的我妈还没来得及松一口气，我接下来的话已脱口而出：“我要发明一种可以像香蕉一样方便剥皮的土豆！”

当时的我在我那做大厨的老爸眼里就像一首天真质朴的诗，而在我妈眼里，我就是无药可救综合征重度患者，哪怕她几乎是她所在的医院里最好的外科医生。

隐秘的愿望

我妈聪明、美丽、反应迅捷又有毅力，如果说她像一匹俊逸无比的狼，那我就是一只哈士奇。更让人悲伤的是，我连哈士奇的“欢脱”都没有。

我跟所有青春期的少女一样，厌恶需要跑步的课间操和体育课，于是鼓足勇气，小心翼翼地向我妈提出，想要她帮我开一张病假证明。我妈夹菜的动作变成了慢镜头，然后她放下筷子，瞟了我一眼，说：“从明天开始，我监督你每天晨昏跑两次步。”

北方的冬季，空气凛冽而干燥。跑两圈下来，我的整个胸腔炸裂般疼痛。我不明白我妈为什么强迫我做我不擅长的事，也很想把她的这份冷漠和狠心归因于她的职业，可事实是我见过她拿着小玩具哄生病的小朋友，见过她把整只乌鸡捞出来送给病人。我无数次透过病房门上小小的玻璃窗看她查房，无数次从心底生出隐秘的愿望：我希望自己也可以大病一场，去换取她片刻的疼爱。

红酒与鹅肝

到我上高二那一年，跑步已成为一种习惯，我整个人容光焕发，气色尤佳。也是在那一年，我喜欢坐在靠窗的座位。因为午后的篮球场上总有那个高三学长的身影，微风拂过，操场边每一片杨柳枝叶都沙沙地响在我的心头。

一个美好的周末，我蹑手蹑脚地准备溜出门去，却忽然觉得脊背一凉，我妈淡淡地说：“我的化妆品不适合你，尤其是深色的口红，你涂上看起来像是中了剧毒的丧尸。”我刚要跳脚，我妈忽然笑了起来，说：“我帮你化妆吧。”我虽心有疑虑，但还是坐了下来。

我妈一边帮我抹上粉底，一边轻描淡写地开口问道：“是什么样的男生啊？不如把他请到家里，让你爸下厨，我们一起吃西餐怎么样？”我猛地睁开眼睛，张口结舌地说：“不——不用了吧？”我妈又露出了慈祥的微笑，说：“没关系啊，我跟你爸也是在上学时认识的，我们开明得很。”

她温柔的笑容把我弄得晕头转向，我一脸茫然地点了点头。好在学长谦恭有礼，前菜吃得其乐融融，当我爸端上红酒鹅肝的时候，我清楚地看到学长脸上惊喜的表情。

我妈忽然狡黠地笑了，话题就此开始，从鹅肝的营养到鹅的生理构造——肌理神经、血管脏器……我妈绘声绘色地开展着她的现场教学，而学长的脸色一点点变绿，终于演变成“停杯投箸不能食”。如果说从前他看我就好像是杯中美酒，那么从那一刻起，我在他眼中便像是那只贡献了肝脏的鹅。

我对自己的初恋有过无数种猜想。我猜中了开头，却猜不中这结局。

手术刀与盐焗鸡

一年之后，我发现了报复我妈的最好方式。走出高考最后一科的考场，我昂然站在我妈面前，宣布我要像老爸一样去学厨师。没想到的是，一向开明的老爸也反对我的选择。

我跟我妈僵持不下，那几天她的脸色尤为难看，然后她第一次跟我妥协，说：“反正离报志愿还有一段时间，既然你想学厨师，那你就先去实习试一试吧。”

我开始在大学城附近的一家小餐馆当服务员，每日辰时起、子时睡，忙碌的工作和各种打击很快就让我吃不消。我以为自己就快实现小时候生病的愿望了，却没想到住院的人会是我妈。

我冲进医院的时候，我妈正靠在病床上和她昔日的病人谈笑风生。我抬手抹了抹眼泪，我妈笑了，说：“快别哭了，本来就丑，一哭就更丑了。”她一说完，我哭得就更大声了。

我妈伸出手，牵着我坐在她床边，柔声细语地说：“不是什么要紧的病，肺动脉瓣和主动脉瓣狭窄，心室发育不良，以前做过手术，问题不大。”我完全听不懂她讲的专业术语，但忽然明白她从前为什么非要督促我跑步，为什么近几年的工作节奏不断放缓，为什么我高考后和她起冲突时她的脸色那么不好。

我说：“妈，我不想当厨师了，咱们回家吧。”我妈叹了口气，说：“这些年，也是我不好，我从来没问过你想要什么，一直用自认为好的方式对你，你心里怪不怪我？”我只觉得鼻头发酸，说：“妈，为什么你反对我高中谈恋爱，你跟爸爸不也是上学时就在一起了吗？”我妈笑了笑，说：“我不是反对你谈恋爱，只是出道测试题，如果他连你未来可能从事的职业，或者说从我这儿感受到的那么一点点阻力都克服不了，那我不相信他能跟你一起面对以后的人生。”

我妈看着呆呆的我，顿了顿，又说：“以前你爸没成为主厨的时候旁人都说我是下嫁，说拿手术刀的怎么能和做盐焗鸡的过到一块儿？可只有我自己知道，像你爸这样不被他人束缚、爱惜家庭、支持伴侣、能执着地追求自己真正喜欢的东西的人，是多么可贵。”

我妈话还没说完，门口就传来了轻咳声，我爸拎着刚煲好的汤笑着走进来，说：“怎么样，闺女，崇拜我吧？”

云深不知处

那一年报高考志愿，我在爸妈的支持下报了自己喜欢的中文系。18 岁的夏天，我抱着烫金的录取通知书站在我妈面前，说：“妈，其实这些年我从未问过你想要什么。”我妈温柔地笑了，说：“我们都是云深不知处。”

我喜欢这句“云深不知处”，也喜欢如今柔软温暖的妈妈。也许这个世界上最困难的事就是人与人之间的相互理解，我们总在用“想当然”去苛求最亲近的人，期望着我不说你也会懂的感情，却不知道，原来这世上所有的感情都需要通过沟通建起桥梁，也需要悉心维护和用心回馈。

我看着在不远处散步的老爸老妈，忽然感到无比庆幸。还好，我们都还有时间，有时间去拨开云雾，有时间去倾吐心事，有时间去看清对方想要的，而不是我们想给的。

淡淡春晖

周芬伶

“一、二、三、四、五、六、七。”每次带我们出门，母亲总要数上好几遍。“好奇怪呀！为什么妈妈老是数来数去？我们又不是牛！”妹妹说。那时，她刚上过《怎么少了一头牛》那一课。

如果问母亲，她一定会说上一大段：“你们要知道，你们一共有七个，七个哦！只要我的眼睛那么一闪，就很可能丢掉一个。像上次搭火车到高雄，我把你们一个个拉上车，最后发现老四不见了，这可怎么办？找来找去，才看到她上了另一辆车，正在对我招手呢！还有一次，睡觉前点来点去，就是少了老大，天啊！那时已是深夜了，我跑到街上找、戏院找、夜市找，一边喊一边哭，回到家，天都快亮了。正急得不知怎么办时，忽然灵机一动，弯腰到床边的梳妆台下一看，果然，她睡着睡着滚到里面去了。嗬，可吓死我了！”

不要看我们一个个长得斯文秀气，在外面好像很害羞、很有礼貌，在家里却是凶悍无比。我们虽然都是女孩子却好打架，而且喜欢用脚互踢，踢得一个个都是萝卜腿。不但如此，我们偏好打群架，一个推一个，然后扭成一团。母亲说我们简直是一群橄榄球运动员。

我们打架的主要原因是“分配不均”。谁多了一个玩具或少了一块糖，就会吵得天翻地覆。为此，母亲很早就立下一个规矩：买东西一定同样的买七份；做衣服一定是同一种布料、同一种样式，谁的衣服上也别想多个蝴蝶结或少粒扣子。结果我们在家也得穿制服，谁也别想占谁的便宜。

我有一张小时候的照片，一排小女生，一式的花洋装，每个人头上都有一个发夹。我那时才上幼儿园，可也知道为自己争取。我的发夹是个小黑人挂着一副大耳环，母亲为了让我们每人都有一个发夹，几乎找遍了镇上所有的百货店。

吃饭也是麻烦问题，尤其是在大家庭里，吃大锅饭、大锅菜，菜老是不够吃，母亲便在吃饭前先把菜分配好，把肉切成几块，把菜分成几份，每个人吃多少，皆严格执行。她从不要求我们谁谦让谁，因为根本做不到，她只是公正严明，让我们找不到漏洞。

也许是因为小时候争多了、吵烦了，我们现在变得特别谦让，每有好东西，一定推来推去，并彼此互相取笑：“好虚伪哦！”

那时，家里做生意，老房子狭而长，爸妈在店里忙，中间隔着天井，叫人老叫不到。妈妈于是发明了一种叫人的方法：她在店里安装了一个电铃，并列出一张表，每个人都有一个固定的信号，譬如大姐是“三长两短”，我是“两短三长”，小妹是“三长”，如此，只要铃声大作，被点到名的人就要赶快过去帮忙。

为了训练我们养成整洁的习惯，从上小学之后，每个人都被分配了工作，星期日全家上下总动员，由父亲担任清洁队队长，带我们打扫庭院。我们常常一面唱歌一面工作，不但发现了劳动的乐趣，也发现了各自的长处。譬如大姐对插花很有一套，才十来岁便喜欢种花买花，插花也能自成一派，可以称之为“意识乱流”；三妹最有设计的天赋，但凡挑选布料家具、裁剪窗帘，她都能一手包办，家里的陈设经过她的布置总显得特别漂亮；至于我，因为经常唱歌也练成了一副不好不坏的歌喉。我们常自比为《小妇人》中的四姐妹，老大“梅格”漂亮贤惠，老二“乔”最有性格，老三最爱美，老四多才多艺又最善良。

在母亲严明的纪律下，我们享有公平的待遇，可也常感到被疏忽、被冷落，尤其在少年时代，常把种种苦闷与寂寞归咎于母亲。后来年岁渐长，才了解要公平且仁慈地对待别人，是一件困难的事。我们容易偏爱、溺爱、滥爱，因此感情更需要严明的尺度，否则容易迷失自我。更何况我们只有一个母亲，当然会把一百分的期望放在她身上；而母亲却有七个子女，她只能平分她的爱，纵使我得到的爱只有七分之一，也远比我给母亲的爱多得多。

四妹与我同时结婚，母亲硬是要办两份同样的嫁妆，不管是一针一线，还是一双鞋、一条项链，总要做到公平，还频频问我们：“这样可以吗？还喜欢吗？”我们真的已经不在乎、不计较了，可是，她还是坚持着。

日复一日，她的容颜变老，原则却越来越少，她似乎很少再坚持些什么，就连生气也喜欢保持沉默，尤其是当她抱着孙子时，面团团、发苍苍、笑嘻嘻，简直就是一个没有脾气的老祖母。现在，我们七个孩子，分散在各地，她可是一头牛也不用找，更找不到。有时候打电话回家，她老是摸不着头脑地问：“你是芬伶还是芬青呀，怎么声音听起来都一样？”

我想她是老了，老得分不清我们的声音，可是，她的儿女记得，她公正又仁慈地爱着他们，让他们健康地成长。他们如果没有变得自私，那是因为她曾要求他们宽大；他们如果没有变得怠惰，那是因为她曾要求他们勤奋。他们也会永远记得，母亲在出门时，张皇地找寻着自己的孩子，心里老是默数："一、二、三、四、五、六、七。"不管年去岁来，这幅影像永远不会淡去。

母亲的手掌皮肉柔细肥软，手指头又粗又短，五指合拢时，掌心便凹进一个洼。母亲说那是"金窟"，这种手是会装钱的，一辈子吃用不尽。

可是，这样的手没摸过多少钱，便已吃了许多苦。她小时候家境虽不错，但她的母亲却被她的父亲赶走，接着继母进门，把所有的家事全部推到年纪还很小的母亲身上。她的手被烧饭的烟熏过、被养猪的馊水泡过、被刮伤、被鞭打，却依然细白柔嫩，像出淤泥而不染的白莲。

她生过七个孩子，又经营着一家药店，大家庭里有数不清的家务。她的手洗过尿布、数过钞票、搬过货物，却依然细白柔嫩。只是中年以后因为发胖，手背上多了好几个肉洼，很像胖娃娃的手。

她喜欢各式各样的戒指，戴上戒指的手更显得华贵，就像是贵妇人的手。生活的磨难并没有在这双手上留下痕迹，只留下甜美。

在记忆中，我们并不常牵手，就算现在我们亲昵如朋友，出门时我也只喜欢挽着她的手臂。以前我常想，也许母亲不喜欢拉我的手。后来，我做了母亲，才明白什么是"抚我畜我，长我育我，顾我复我，出入腹我"，这种紧密的相依之情，谁又没有过呢？

从小我便为自己的手感到自卑。我的手虽然最像母亲，可是皮肤较黄，指甲又被啃得支离破碎。就掌形来说，它看起来粗鲁稚拙；就掌相来说，它代表着懒惰与意志薄弱。我也有个“金窟”，只是比较平浅，浅得一个铜板便能将它填满，它从未给我带来任何财运，却将我的弱点暴露无遗。因此，我总是小心翼翼地不让人看到我的手掌。我多么希望自己拥有一双艺术家的手！

曾有几次我与母亲对比彼此的手掌，多奇妙！它们的形状大小几乎完全一致，只是我的比较枯黄粗糙而已。我遗传了父亲的长相，却遗传了母亲的手。我们有着相似的手掌，却有着全然不同的命运；我们可以相同，也可以不同，但是我们的心如此靠近。

如今，我的孩子也有一双与我相似的手掌。我很喜欢用自己的手包住他小小的手掌，奇怪的是，他并不挣脱，反而喜欢让我握着。他的掌心也有个迷你“金窟”，刚好可以装下一颗健素糖。

也许有一天，我的手再也包不住他的手，他必定会找到一些情缘的线索，在我们相似的手掌里；他也许会忘掉我怎么抚他畜他，长他育他，顾他复他，出入腹他，但他必定会再找回一些爱的记忆，也许是在他孩子的掌心里。

从此，我的手便有了一种全新且神圣的意义。我还是那么羞于展示自己的手，也羞于去握母亲的手，可是，有许许多多生命的奥秘在指间，在手心里。

我妈妈才8岁，原谅她的不够好

刘　娜

一

我和儿子的战争，是从他上小学时开始爆发的。

我自幼写字就工整有力，更相信书写是一个人的门面，所以每每看见儿子卷着毛边、胡写乱画的作业本上，那一个个像柴火棍堆成的歪歪扭扭、让人不忍直视的字时，无名火就噌一下从胸口熊熊燃烧到头顶。

我从事文字工作多年，对遣词造句有着严格的追求，原以为在我的熏陶下，儿子会遗传我的文学天赋，谁想到每次考试，用“美”“好”“亮”组词时，他都词穷地写“很美”“很好”“很亮”。

至于他的造句和作文，那更是苍白无力到惨不忍睹，异想天开到不可理喻。

我做事讲究效率，从投入工作那一刻起就能屏蔽周遭的一切喧嚣。但儿子每天放学回来，写作业不到5分钟，就一会儿要上厕所，一会儿要挠后背，一会儿要喝水，一会儿要吃东西。

最要命的是，我原以为天资不算聪慧的儿子，能像我一样很早就明白“笨鸟先飞、勤能补拙”的道理，进而做到知耻后勇。但每次考试成绩下来，他看着自己卷子上不高不低的分数，都无比淡定地安慰我：“妈妈，你不用难过，很多人考得还不如我。”

我怎么能允许自己有个书写脏乱、作文平淡、做事散漫、成绩一般的儿子？

所以，我必须改变他。

二

我擅自做主，给他报了个书法班，每周六上午陪他去练字。整整练了一年，除了在班上结交了几个爱玩枪战游戏、爱看漫画书的朋友之外，他的书写并没有太大长进。

我给他修改作文，不厌其烦地给他讲怎么做到点面结合、动静对比、铺设悬念、承上启下、首尾呼应，但每每写作文时，他还是抓耳挠腮，一脸茫然，不足百字就戛然而止。

为了给他创造一个独立安静的学习环境，我也曾给他单独设置小书房，放学后让他上完厕所、挠完后背、喝完茶水、吃完晚饭，专心致志地坐在那儿写作业。

一个小时后，我推门进去时，发现他作业没有写完，却用墨水把自己的脸画成了花猫……

那一刻，一直提醒自己要做一个平和、宽容的妈妈的我，再也无法控制头顶的怒火和心中的咆哮，大吼一声：“你在干什么？你太让妈妈失望了！”

这一吼，吓得儿子一脸恐慌地把墨水瓶打翻在地。摔破的墨水瓶和流淌的蓝墨水，就像我无可救药的期待一样，破碎不堪，汩汩呜咽。

一定是哪里出问题了。

我想，不把这个问题找出来，我和儿子的战争就永不能停歇。

三

我翻阅教育学书籍，拜访心理老师，向同龄妈妈求教，最终发现：儿子的问题，其实是我的问题。是我总觉得自己不够好，就把对完美的“强迫症”投射到他身上，让他在控制和恐慌中无所适从，停滞不前。

我错了，我要向他道歉。

他 8 岁生日那天，吃完蛋糕，看完电影，回到家中，我给他写了一封信。

信中，我回忆了过去我们之间的种种不愉快，然后坦诚地说：“儿子，妈妈自幼生活在农村，生活的艰辛和物质的匮乏，让妈妈觉得如果自己不够好，就无脸面对操劳贫穷的父母，无法给他们一个满意的交代。

“但在今天看来，这种‘我不优秀，我就有罪’的心理，不仅是有害的，而且还让妈妈在生下你后，开始控制你、指责你，觉得如果你不够好，就是对不起妈妈。

“对不起，孩子，妈妈找到了自己的问题，愿意慢慢改正。妈妈也明白了，你就是你，一个即便有着这样那样的缺点，却依然独一无二的你。

“妈妈愿意从今天起，努力当一个合格的妈妈，你愿意给妈妈一个机会吗？”

我把这封信写在儿子最喜欢的蓝色彩纸上，然后在晚上休息前放到他的小床上——他虽然成绩不怎么优秀，但从 3 岁起就能自主阅读，理解能力特别强。

很快，他看见了这封信，坐在小床边看了一遍又一遍后，走到客厅里抱着我说：“妈妈，我原谅你了。”

我的眼泪唰地一下就出来了：孩子总是比大人更容易原谅一个人，因为天真的他们能更轻易忘掉不快乐。

四

后来，我慢慢开始放手，让儿子决定他能决定的，让他承担他该承担的。

看到他的书写，我不再大呼小叫，而是告诉他哪里有了进步，哪里还需提高；读到他的作文，我不再评头论足，而是给他分享自己写的文章，哪一篇读者喜欢，哪一篇遭到批评；听到他的成绩，我也不再患得患失，而是提醒他，比分数更重要的，是通过考试发现自己存在哪些问题，并努力去弥补。

尽管他偶尔还会因书写脏乱，被老师罚抄作业；尽管他有时写的作文，还是会让人一头雾水；尽管他的考试成绩还不是班级前几名……但他在改正错误和承担后果的过程中，书写越来越有力，作文越来越通顺，作业越写越快，成绩稳步提高。

上个周末的英语分享课，老师邀请家长一起参加。其中有个亲子环节，是让孩子介绍自己前来听课的爸爸或妈妈。

轮到儿子时，他的小脸红红的，站在讲台上，看着我向大家介绍道：

“这是我的妈妈，她今年 8 岁了。

“我之所以说她 8 岁了，是因为，在生下我之前，她只是一个女孩子，生下我之后，她才是一个妈妈。我今年 8 岁了，所以，我的妈妈也 8 岁了。

“我 8 岁的妈妈，有时也不够好，做事有点追求完美，偶尔还会发脾气，难过时会哭鼻子，生爸爸和我的气时，会惩罚自己不吃饭。

“但是，我很爱她。因为，8 岁的妈妈和 8 岁的我一样，都不够好，但都很努力。”

那一刻，我再也忍不住眼泪，张开双臂，跑上讲台，把他紧紧地搂在怀里。

谢谢我的孩子，他重新定义了我的年龄，并接纳了我的不够好和不完美。

当你用孩子般的眼光，重新定义自己的年龄，重新接纳自己，那你离更美好、更成熟的自己也就不远了。

妈妈，我和你不一样

莫　舟

我看见她小小的身躯挂在蓝色的攀吊架上，细细的手臂快速交换，像长臂猿一样前移，然后从架子的末端，“噌”地跳到地面上，那样轻盈。我在原地上几乎惊掉了下巴。“不用担心，妈妈！”她笑嘻嘻地喊，从我面前“嗖”地跑过，又挂到了攀吊架的另一端。

我看见她小小的身躯上系着蹦床的保护绳，脚尖用力地蹬蹦床，身体高高地弹起，双臂张开，头发飞扬，哈哈地笑着，那样自由。我的眼睛随着她身体的弹跳，上上下下，有点儿跟不上。

我看见她小小的身躯穿着玫红色的泳衣，小肚子鼓鼓的，被蓝绿色泳帽包着的脑袋显得格外圆。她在蓝色的泳池里像美人鱼一样钻入水里，然后转圈、翻跟斗，最后浮出水面，说：“妈妈，看，这是我自创的花样游泳！”

看着她，突然觉得很感动，这样的自在，是我们在童年时没体会过的。

“漂亮”这个禁忌词

“我的囡就是不好看，像我。”妈妈坚定地说。说话的时候，她拎着一水桶脏衣服去溪边，我跟在后面，手里拿着一根木棒槌。路上遇到一同去洗衣服的君英的妈妈，谈论孩子的外貌是她们常聊的话题。

君英比我大一岁，长发编成粗粗的麻花辫，瓜子脸，笑容明媚得像春天盛开的花朵。而我，常年顶着短发，皮肤太黑，眼睛太大，鼻子太突出。妈妈对我长得不好看这件事情从来都是直言不讳的，并且她真诚地认为自己也不好看。再说，好看能当饭吃吗？

那时，村里的妇女都留长发，在脑后编起麻花辫，头发再长点的，编好麻花辫后还要绕着头盘一圈，显得很复古。可我妈为了省事，从来都留短发。在她看来，把时间花在打扮上，真是太浪费了。她曾多次悄悄对我说：“长得不好看没关系，你读书读得好，她们都比不上。你看看君英，只顾着俏了。”

久而久之，我也坦然接受了自己不好看这一事实。有一次，班上一位女生当着一群同学的面对我说：“莫舟，我觉得你是班上长得最难看的女孩。”“我知道。”我淡定地表示，“但是我学习最好。”

漂亮，是被我屏蔽的词

30 岁那年，我生了女儿莱亚，看到她的第一眼，我想到的词就是“漂亮”。连最看不上漂亮姑娘的我妈也经常盯着莱亚看，情不自禁地感叹：“这囡囡怎么能长得这么好看？越看越漂亮！”她的脸像雕塑一般：额头饱满，鼻梁挺拔，眼眶微陷，分明的欧式双眼皮配上扇子一样的长睫毛、尖尖的下巴、说话时若隐若现的酒窝。我牵着她的手走在路上时，常会招来尴尬的询问："你是她妈妈还是保姆？"待她稍大一点时，我跟她讨论："你觉得自己是个什么样的人？""漂亮。"她说。"为什么这么说呢？""因为别人都这么说。"

其实我们也常被告知不能总夸女孩漂亮，这会令孩子形成性别偏见，从而认为对于女孩来说，最重要的就是长得漂亮。我和先生也曾经这么想。然而，女儿用实际行动告诉我，我想多了。

当我还没来得及把她穿过的公主裙收起来送人时，她就已经为曾穿过那样的裙子感到尴尬了。她并没有因为被夸"漂亮"而骄傲，反而越来越不在乎自己的容貌。头发随随便便抓一把，一年到头都穿短袖 T 恤，冷的时候就在外面罩一件卫衣。遇到学校组织活动，她倒也会穿上合身的裙子，可是活动一结束，就急着把裙子扒拉下来换上 T 恤。"我是一个运动女孩啊！"这是她的理由。

"那你觉得漂亮重要吗？"我故意问她。"还好啊，"她漫不经心地回答，"不是太重要。"

"懂事"这个标签

我小时候特别懂事。"你 3 岁时，我把你送到外婆家，你就乖乖地待在那里。"妈妈到现在依然怀念儿时的我，"送你去上学也是，把你送去学校了你就乖乖地待着。你放学回家后第一件事就是把作业写完。还有那年你外公去世，是你一个人哭着跑回来报信的。"

是的，我从小就是个"小大人"。妈妈生了弟弟后，我不哭不闹地去了三里地之外的外婆家住。后来，家里开了一间小卖铺，我能一整天坐在店铺里守着，顺便看护弟弟。

外公去世后，我回到自己家，开始做妈妈的闺密。妈妈时常泪水涟涟，告诉我奶奶的霸道和爸爸的自私。她告诉我人生太灰暗："要不是看在你们姐弟俩的份儿上，我早就跳河去了。"河就在我家旁边。许多个夜里，我偷偷起床，看妈妈是否还在床上。

莱亚也听说了许多我小时候的事，尤其在她"不懂事"的时候。妈妈说："你妈像你这么大时，已经很懂事了。她会照顾弟弟，会帮我收拾房子，还会做饭。你看你，还要跟别人抢玩具！"

就这样，莱亚没少被拿来和那个她从未见过的小时候的我做比较。有一天，她终于爆发了："我就是我，又不是我妈小时候！"她冲着外婆喊。"你看看你，还会顶嘴，你妈小时候可是很听话的。"外婆有的是对付她的话。

听妈妈说多了，我也开始觉得，这个孩子真是太不懂事了。就像那天我们家的地下室失火，要是儿时的我，肯定忧心忡忡，跟在妈妈后面帮她收拾，安慰她。然而莱亚在确认她帮不上什么忙之后，就问："妈妈，我可以出去玩了吗？"老实说，当时我很难过，觉得自己养了一个没心没肺的孩子，可是回过头再想想，在当时的情况下那或许是她最好的状态，至少这个意外没给她留下心理阴影。

有时，我也被自己的无趣控制，要求她稍微"懂点事"，至少不能把房间搞得像猪圈一样乱糟糟。"不！连猪圈都比不上，外婆家的猪圈可比你的房间干净多了。"我凶巴巴地对她喊。"好了好了，我去收拾，妈妈，不要冲我大喊大叫嘛！"她故做可怜状，"突突突"地跑回房间。

我大喊大叫后又爽快又有点儿内疚，自顾自地忙了一会儿后，故意从她房门前经过，一看，门关着，门框上贴着一张纸，纸上用英文写着“Under Construction，No Entry（建设中，请勿进入）”。

我站在门口笑了。原来童年可以是这样的天马行空。这样的童年，我似乎没经历过。

可怕的父亲

小时候，我爸爸是出了名的“凶”。没有一个小孩见到他还敢吵吵闹闹的，只要他那牛眼般的眼睛一瞪，正在哭的小孩都要把抽泣声给咽回去，我更是如此。

有我爸爸在的饭桌上，我们是寂静无声的。周围唯一的声音，来自爸爸边吃饭边看的电视。如果恰逢妈妈心情好，她会多说几句话，这时，如果我和弟弟以为可以加入对话，那就大错特错了。随着我们的话语越来越多，爸爸会悄无声息地将电视声音越开越大，直到盖过我们的说话声。于是，我们只能止住，把想说的话吞下去。偶尔有几次，我和弟弟不知趣地在饭桌上拌起嘴来，只听爸爸一声怒吼：“够了！”我们俩的小心肝、小胆瞬间都被震得粉碎。

因为从小生活在爸爸的“高压”下，所以我对家里的“气压”变化极其敏感，爸爸眼角的一丝阴沉，就能让我把所有想说的话藏起来。在爸爸面前，我只会说“好的”。即使在我成年后，爸爸来我家，坐在客厅里抽烟，我也往往当作没看见。

莱亚却是她爸抽烟最执着的反对者。在她学了“抽烟有害健康”之后，她就对她爸说“我相信你的肺已经变得漆黑了”，或者“你现在在污染环境”。有一次她还尝试把烟藏起来，在她爸到处找的时候，她却躲在角落里偷笑。我不断给她使眼色，让她把烟拿出来。最后她爸只能无奈地向她承认：“我知道这是一个坏习惯，但是我改起来有点困难。”她却表示下一次要藏得更好，让我在一旁心有余悸。

我在害怕什么呢？我害怕先生会突然发火，就像我小时候我爸爸那样。我把自己对爸爸的害怕投射到莱亚身上，把她想成了孩童时的自己。可她是未曾经历过压抑的孩子，把自己的想法说出来再自然不过了。

母女大不同

“妈妈，你想过会有一个跟你完全不同的女儿吗？”一次我和莱亚在码头等去香港机场的渡船时，她问我。“没想过。”我答。

“我最喜欢船晃来晃去，你却晕船；你害怕坐飞机，我觉得坐飞机一点儿也不可怕。还有啊，你总是担心这个担心那个，我却觉得没什么好担心的。”她接着细数我们的差异，末了加了一句，“谁会相信我是你的女儿呢？”

的确，谁会相信呢？

我能想象出来的女儿是愿意乖乖地坐在我身边看书，我将那些文字的美妙说给她听，她像我一样在脑海里形成美好的画面，然后沉浸其中。可是，眼前的女儿与安静的我正好是对立面，她一有空就要往外跑，周末时动不动就抱怨：“在家待着真无聊。”

我想象着我可以给她读许多我认为值得读的书，可是她早已学会了自己从图书馆借书，借的是《小屁孩日记》之类的书，她对书里的笑话要比对美好的文字敏感得多。她不像我，在很小的年龄就为人物的命运流泪，她总因为人物间有趣的对话笑得打滚。她好不容易读了《西游记》，读完却经常问："我能跟孙悟空结婚吗？"

我带她去春日的烟雨江南，让她看我年少时年年可见的黛瓦白墙和红桃绿柳，希望她能感受到自然的美。她却偏偏爱在河边的防洪坝上跟表哥比赛谁跑得快，对周围的百转千回熟视无睹。"莱亚，你看，树的倒影好美啊！"我想引导她，她却"哦"了一声，从我身旁闪过。

刹那间，我看到她把外套脱了，我喊住她："太冷了，你这样要感冒的！"她倒是转过头来，一本正经地说："妈妈，如果你觉得冷，你可以自己多穿衣服，但我不觉得冷。你是你，我是我啊！"

罢了罢了。她是她，我是我。

我从来不曾想念你

张远芳

出国之前，外婆跟我说："你要走那么久，在走之前去和你妈妈说说话吧。"

我说："好。"

说实话，我不相信神灵，也不相信往生。我一直觉得，人活着就是活着，死了就是死了，尘归尘，土归土，最终我们都会变成微小的颗粒，进入大自然的下一次循环。我们会变成一棵树，或者一只鸟；我们会飘入一条河，或越过一片沙漠，我们以后还是宇宙中的一部分，但是我们永远都不会再是我们。

所以，在每次祭奠的时候，他们边烧纸，边喃喃地说着近况，我却总是沉默不语的那一个。

但是那天，我一个人站在我妈的墓碑前，盯着我妈那张照片看了很久。我说："我要走了，我要去实现梦想了，你会为我开心的，对吧？"

我上高中的时候，我妈像少女一般迷上了看韩剧。甚至到她住院的时候，还没忘记让我把更新好的剧发给她。她说："你以后不找一个玄彬这样的男人，就不要把他带回家。"

我对她说："我嫁到哪里就带你去哪里。"

我几乎没有和我妈讨论过爱情，没有跟她讨论过我在中学时代暗恋的男生，没有跟她讨论过我幼稚到不值一提的初恋和失恋，没有跟她讨论过我对婚姻的期待，也没有讨论过未来。反倒是我妈总安慰我："失恋算什么，世界那么大，好男人那么多！"我摆摆手说："我就想多黏你几年，不行啊？"

讽刺的是，我却比别人少了黏着母亲的那么多年。

我再也没有机会跟她讨论这些年我遇到的那些男孩儿。我在十点半空荡的地铁上亲过一个英俊的少年；我曾飞过千山万水去见我喜欢的人；我疯狂地爱过别人，此刻我也被别人小心翼翼地呵护着，却也因为幼稚的理由和对方发生争执；我在爱情里遭受挫折，之后又重新相信爱情；我总在过一个人的生活，而总会有人偷偷地走进我的世界，来分享我的孤独。

好像，有点儿遗憾。

遗憾的事情还有什么呢？如果我妈还在，我想我会在大学毕业后去一座新的城市开始新的生活，也许我会遇到不同的人，发生不同的故事。我会教她用微信和淘宝，我会和她一起自拍，这样在微博上晒妈妈的人中也就会有我的身影。而当我选择辞职准备留学时我一定会第一个告诉她："我要实现我的梦想了，你一定会为我开心的。"我遇到不顺心的事时也许会忍着，也许会冲她大发脾气，我会拍伦敦美丽的秋天给她看，也会带她逛圣诞集市，偷偷给她买她最喜欢的包。我会在做饭的时候问她，为什么我做不出她做出来的味道，她一定会唠叨好几年："什么时候才能把份子钱赚回来？"我们会吵很多次架，但是最后都会若无其事地和好。

可是在写这段话之外的其他时间，我从来不会去想"如果她还在，我的人生会是怎样的"这种假设性问题。甚至在外婆悄悄抹眼泪的时候，我还会不耐烦地讲："人都不在了，讲那么多有什么用啊？"

网上有人问，在亲人去世后的一年里他都没有怎么哭，是不是他太冷漠？

不是的。

她刚走的时候我根本顾不上哭，要忙着应付前来吊唁和试图安慰我的人。当我意识到她不是偶尔消失而是永远不会回来的时候，我已经习惯了没有她的日子。现在想来，其实在她生病的时候，我就已经开始对自己进行心理建设了。这听上去既冷酷又残忍，但是那时候的我只有 21 岁，除了找各种借口和理由面对这可能即将要发生的现实，我真的不知道我还能做什么。医院外面的天空黑黢黢的，没有上帝，也没有超人。

"人没有了母亲，是不是就活不下去了？"

不是的。

太阳还会升起，人们还要继续工作，我们还会一天天成熟，看到好看的衣服还是想买下来，依然会有很多快乐和很多烦恼。只是大家像说好了一样避免谈论和母亲有关的话题，只是心里缺掉的那一块我们再也没办法填补了。我认为我已经变成了能照顾好自己的大人，而她却永远不会变老了。

这是好事吗？她留给我的，都是她年轻时的样子。

我刻意不去想她，不去想她讲起我小时候有多聪明时骄傲的样子，不去想她对我发脾气的样子，不去想她后悔对我发脾气而给我塞道歉信的样子，不去想她给我做了排骨等着我回家的样子，不去想她看到包包一脸欢喜的样子，不去想她去迪斯尼高兴得像个孩子的样子，不去想她在医院里觉得给我添麻烦一脸抱歉的样子，不去想她最后安静得像睡着了的样子……

她曾经给了我我能奢求的最好的爱。

而现在的我，只能把她的爱偷偷放在我永远看不到的地方。

我也很少梦见她。我梦见过很多我也许一辈子都见不到的陌生人，但我几乎没有梦到过她。

只是偶尔，她会在我放松警惕的时候出现在我的脑海里。她站在那里朝我挥手，说："我来看看你，我有点儿想念你。"

但是，我并不想让她来看我。

我并不想让她站在那么远的地方看我。

我并不想让她站在我永远追不上她的地方看我。

我现在的生活过得还不错，这是我在伦敦度过的第一个秋天。我渐渐熟悉家门口的每条路，我开始有了新朋友，我开始写我的论文，我渐渐陷入一段爱情。我偶尔想念家乡的奶茶、火锅，还有家人、朋友。我的朋友今天结婚了，我在手机上看了直播，离家万里，我很想念他们，也有点儿寂寞。

今天的伦敦起风了，深秋好像突然就到了。

地铁上有很多人，我总觉得她就在这里，但是我找了很久，也没找到她的影子。

她现在在哪里呢？我耸了耸肩，打消了这个想法。

她现在在哪里和我又有什么关系呢？

我又没有很想她。

但是当我回过神，我发现我一直都在想她。

青春假想敌

贾　颖

青春期遇到更年期

我十五岁，青春期。

我妈妈四十五岁，更年期。

我爸爸说，青春期的女孩子，和更年期的女人同属“易燃易爆品”，情绪波动较大，一个不小心，就会有火星子四处乱溅。整不好就可能成燎原之势。

好在家中有爸爸，他在家的主要职责是控制火势，做一个消防员。当青春期的我与更年期的老妈言语之间摩擦起火时，老爸就是灭火器。

这次，我和妈妈的战争，不是小规模战役，而是一场持久战。

我已经三天没有和妈妈说话了。

最初我们大吵了一架，之后，就彼此不说话。我承认，吵架并不是我的初衷。我也没有想过会和妈妈那样激烈地争吵。但是，在那一刻，除了大喊大叫，我找不到别的方式来表达自己。

当时，面对妈妈，我有着无地自容的羞愧，还有内心秘密被窥探的窘迫。

我们都有些词不达意。那些说出来的话，像一些锐利的小箭头，漫无目的地乱射一通，结果是我和妈妈都遍体鳞伤。

说不清我们是被自己伤到了还是被对方伤到了。反正到最后，两个人都不知道该说什么时，妈妈气急败坏地说："我没有你这样的女儿！以后不要叫我妈妈！"

我也不甘示弱，大声与她划清界限："我也没有你这样的妈妈！以后不要叫我女儿！"

逞完口舌之快，我们谁也不理谁。我"砰"地关上我的房门，妈妈"砰"地关上她的房门。

爸爸不在家，他出差去了。

爸爸如果在家，我和妈妈的战争，也许不会升级到互不理睬的程度。

说不清从什么时候开始，我和妈妈之间变得别扭起来，三天两头地为各种事情争执。包括穿哪双鞋子上学，早餐喝牛奶还是吃油条……这些鸡毛蒜皮的小事，常常是我们母女战争的导火线。

爸爸调侃妈妈说："你这哪是生了个女儿呀，你是生了个对手。"

爸爸也调侃我，说我是我们家的"战斗机"，时刻以战斗的状态，来标明自己的个性与独立的地位。

爸爸这一次出差要走很久，出发前，他请我吃了一顿西餐。吃完，他盯着我看了半天，说："女儿，能不能答应爸爸一件事？"

我怀疑爸爸给我挖了一个小陷阱，所以，没有马上回答，只是看着他。

爸爸笑了。我特别喜欢看爸爸的笑容，是让人很放松的那种笑容，让我的心里很温暖。

我说："好吧，我尽量。"

爸爸说："不要把妈妈当作青春的假想敌。"

我低下头，玩弄桌子上的刀和叉，小声解释道："我没有。"

爸爸接着说："妈妈很爱你。"

我说："我知道，我也很爱她。"

爸爸说："妈妈就是有些太紧张。你生她的气时，先想想她对你的爱，也许就不会和妈妈针锋相对了。"

我说："是妈妈太奇怪了。她更年期，我同学说，女人的更年期就像女孩子的青春期一样，情绪波动呈无规则曲线。"

爸爸笑了，拍拍我的头，说："那你有没有想过，你现在也挺奇怪的?"

我不高兴了，说："我怎么奇怪了？你不知道我有多正常呢，老师和同学都喜欢我。"

爸爸说："没有人说过青春期一定要和妈妈作对。妈妈也不是因为更年期才会那么紧张你，妈妈还没有到更年期呢。她是因为太爱你，所以才会那么紧张。等你做了妈妈，你就会懂一个妈妈的心情。"

我答应爸爸，无论发生什么事情，我都不会和妈妈吵架，暂时委屈一下自己，凡事等爸爸回来再说。

可是，爸爸周一早晨刚坐上火车离开，晚上我和妈妈就吵了起来。

当贺卡变成炸弹

我和妈妈吵架，是因为一张贺卡。

新年快到了，同学们一边忙着准备新年联欢会的节目，一边忙着写贺卡。学习的事倒变得不重要了。

我收到了一张特别的贺卡，没有署名，只写着一句话：你是人间四月天。

《你是人间四月天》——这是我最爱的一首诗，很美。配乐诗朗诵《你是人间四月天》是每一次学校会演、每一年新年联欢会的压台节目。我就是那个表演配乐诗朗诵的人。

我知道是谁写的贺卡，他是我心底的秘密。他曾经对我说过，他喜欢看我站在台上，深情地朗诵《你是人间四月天》。

我们在同一个班级，很少说话。只是在眼神相遇时，彼此会用眼神里的微笑打一声招呼。偶尔，他路过我的座位，会轻轻撞一下我的课桌，算是问候。

这算是爱情吗？可爸爸说过，爱情发生在十八岁以后。那么现在，我们彼此的喜欢和思念还有思念中那种淡淡的忧伤与温暖，是什么？

我想，爱情应该是盛开的花朵吧。在十八岁以前，爱情只是一粒种子。到了十八岁，这粒种子才有足够的能力破土而出，开出美丽的花朵。我决定把我们之间的这种朦胧感觉当作一粒花种，种到泥土里。所以，我什么也不想说，什么也不想做。

在我这样想着的时候，他寄来了一张贺卡。我认识他的字迹。

这张小小的贺卡像一枚小炸弹。老师、同学、妈妈，任何人发现它，都将引爆一场不同程度的战争。我在不安中小心翼翼地度过了三天。

周一晚上，做完家庭作业，临睡前，在妈妈的督促中，我再次打开书包，检查书本和作业是否都带齐了。从小学一年级到初中三年级，这是我和妈妈必做的功课。似乎，我永远是一个丢三落四的小毛孩子。虽然我不喜欢，但还是假装配合着妈妈的这种督促。

可就在检查书包时，我忽然想起，贺卡还夹在某本书里。在慌乱的寻找中，贺卡飘然而落，落到了妈妈刚迈进来的脚上。

就这样，炸弹炸了。

妈妈说："《你是人间四月天》是一个母亲写给儿子的诗篇，不是小男生写给小女生的。"

就是妈妈的这一句话，将我心底的朦胧一下子戳破。我羞愧难当，大声喊道："我当然知道是母亲写给儿子的，不是写给女儿的。我也知道作者是林徽因。我也知道林徽因是谁，不用你教我！"

妈妈愣了一下，继续说道："你马上就要中考了。不努力学习，还想这些？你知不知道，你刘阿姨家的方羽姐姐就是因为早恋，没有心思学习，最后没有考上好大学。现在大学毕业了，找不到工作，天天在家玩电脑……"

妈妈说到"早恋"，这个词让我很难堪。我只是想悄悄地把那张贺卡和我心底的秘密藏起来，埋进记忆的泥土。可是，妈妈却拿我和因为早恋而耽误学习的姐姐比。在妈妈心目中，我竟然这么不让她信任。

我感觉到了疼和一种无法言说的羞涩。只有大声地说话，说一些自己都无法理解的话，才能掩饰我内心的慌乱和羞怯。

我和妈妈冷战着，谁也不理谁。

是谁不懂谁的心

我走进邮局的一瞬间，就看到了她。

一个中年妇女，眼神中充满无限的期待。我们眼神相遇的一刹那，她冲我笑了一下，那笑容竟有些讨好的意味。

我忽然想到了妈妈，妈妈有时也会用这样的眼神看我。

新年就要来了。我不想和妈妈像敌人似的，带着不愉快和防备迎接新的一年。

我想给妈妈寄一张贺卡。

正在我认真地挑选贺卡的时候，那个女人走过来，脸上依旧是讨好的笑容，小心翼翼地对我说："你能帮我个忙吗？"

我点点头。

她立刻开心地笑起来，说："请你帮我写三张贺卡，谢谢你。"

我问："写什么？"

她把一张精美的贺卡摆到我眼前，说："这张贺卡上，你就写，第四中学二年三班李娜娜，你是一个可爱善良的好女孩儿，祝你新的一年有新的进步。落款就写'一个默默喜欢你的人'。"

写完了，她又递给我一张贺卡，说："还是写给李娜娜的。麻烦你换一种字体。嗯，这次你用这支黑色的笔写吧。你就写：我代表全班同学给你加油！你一定会更棒的！新年快乐！每一句话后面都用感叹号。落款就写'你的同学'吧。"

当她递给我第三张贺卡时，我忍不住问道："还要换字体吗？"

她点点头。

“那你自己写吧。我就会这两种字体，再不会换字体了。”

她抬头看着我，说：“娜娜认识我的字。”

“娜娜是谁？你为什么怕她认出你的字？”

女人看了我半天，低下头，叹了一口气，说：“娜娜是我女儿，她很内向。前两天她回家跟我要钱，说要给同学买贺卡，我没给她。这两天她不理我。我去找了老师，老师说，娜娜每天除了学习从不和同学交流，也没有朋友。新年快到了，每个同学都收到了贺卡，只有她一张贺卡也没有收到。我想了一晚上，是我这个当妈的不好。我希望她收到贺卡后能开心一些。”

我的心一下子柔软起来，我说：“好吧，我试试看，再换一种字体。这一次写什么？”

女人有些迷惘地盯着手里的贺卡，摇了摇头，说：“我也不知道。”沉默了一会儿，女人说：“娜娜小学的时候，有一个好朋友，叫于晓蓉，可是后来搬走了。娜娜常常提起她。要不，你就写，我们是永远的好朋友。我会在遥远的地方，为你祝福。祝你新年快乐！这样，娜娜是不是就不会觉得孤单了。”

三张贺卡投进邮箱，我猜想着那个叫李娜娜的女孩子收到后会是怎样的心情。

走出邮局之前，我忍不住又买了两张贺卡，一张写给李娜娜，这一次我写下了我的学校和名字，真诚地祝福她有一个愉快的新年。另一张是写给我妈妈的。我在贺卡上写道：妈妈，我爱你！落款是“你的青春期女儿”。

当我走出邮局时，我忽然感觉到一种前所未有的轻松，还有一种无法言说的感觉。我想，我会告诉妈妈，我喜欢那个小男生，但是，我不会做让她失望的事情。因为我知道，生命的每一个阶段都有各自的主题。请她相信我。

爸爸说得对，我是把妈妈当作了我的假想敌，这样，我才会以战斗的状态，来表明我长大了，是成熟的。现在想想，青春期的我还真是有些不可理喻呢。

我想，在我抱怨妈妈不懂我的心的时候，我也不懂妈妈的心吧。

等你长大的青菜

姜老刀

到了我这个年龄，身边的朋友和表兄弟姐妹们，基本上都有孩子了。

见的孩子多了，我发现他们几乎都有一个毛病，就是吃饭时只爱吃肉，蔬菜得让家长“按着头”吃。

想起来，其实我小时候也是不爱吃蔬菜的，我不能理解为什么大人非要我吃。为了让我多吃蔬菜，我妈想尽了办法：她开始把青菜和我喜欢的回锅肉炒在一起。这下轮到我犯难了，当它们在油锅里一起炒的时候，我的心都跟着一起翻腾起来。

我妈做回锅肉很有一手。她会把肉片切得特别薄，下锅的一瞬间，就可以感受到肉片和油闹腾在一起的清脆。等肉片两面被煎得金黄的时候，再加入一大勺豆瓣酱，整个屋子都飘着这香味。

当然，这菜还没做完。她一定还会在盘子里加上一把煮好的小青菜，掺和在一起。我望而却步，她就会把我逼到一个角落，蹲着一口一口喂我。还会说：“来，臭小子，把这碗饭吃光光，才会长高长大。”

即使我不情愿地吃了一口，肉很快就被我咽了下去，而青菜总在嘴里嚼很久。有一回看到碗里青菜特别多，吓得我扭头就跑，身一扭，手一扬，撞到了我妈，她一下没拿稳，一碗饭菜全洒在了地上。不出所料，那天我不用吃青菜了，但为此吃了一顿“屁股开花”。

工作以后，我开始一个人住。加班、上火、补充维生素……各种原因，让我逐渐变成了一个会主动吃青菜的大人。吃过很多种荤素搭配的菜色，最后发现，最好吃的不过妈妈当年逼着我吃的那道回锅肉小青菜。回想起来，每次炒青菜前，我妈都会在厨房很认真地择菜，一根一根地挑选最嫩的部分。所以，她做的小青菜可口又清脆，特别香甜，一口下去还会迸出汁来。混着豆瓣酱的回锅肉也很香，肥肉的部分都被煎得晶莹剔透。

可能越简单的东西越是混杂着生活的滋味吧，因为你总能从里面找到熟悉的影子。如今，我偶尔加完班回到家，饿得手脚发软时，打开冰箱，用前一天剩下的肉和一点儿青菜，也会自己做回锅肉小青菜，当面条的浇头。我企图复刻妈妈的味道，又总是差那么一点儿。

夏天一个让人汗涔涔的下午，屋里那台华生牌电扇“咯吱咯吱”、一摇一摇地摆着。我站在墙角，对面是逼着我吃青菜的妈妈。她夹着一口菜，对我说“多吃菜才能长高”。如果有机会回到那一刻，我一定会大口大口地把碗里的青菜全部吃掉。而对面的妈妈，又会是怎样的表情呢？

听说，当一个人战胜了本能，开始主动改变自己的时候，他就长大了。

妈，你看，我也变成了喜欢吃青菜的大人了。

那些珍藏在抽屉里的爱与惊喜

文 珍

一

儿时总是很喜欢去妈妈办公室，因为翻检她的抽屉时总会有意想不到的收获。一进门我就直奔主题，一层一层地仔细翻检。妈妈偶尔试图阻拦，但更多时候为避免我影响她工作，只好舍卒保车。而掠者如我，只觉常翻常新，永远都有彩头：没用过几次的三色圆珠笔；同事送她的旅游纪念钥匙扣；一个和小学生作业簿气质完全不同的牛皮纸笔记本，上面写着“工作手册”……再不济，也能找到几颗快融化的大白兔奶糖。最幸运的一次，是找到一支英雄牌钢笔，还是最新款的。这支笔我后来用了好久，几乎一直用到小学毕业。

从抽屉中缴获这些让人兴奋的、似乎带着妈妈熟悉气息的战利品，是我童年时十分愉快的经历之一。长大后，妈妈才告诉我，其中有些本来就是给我的礼物，她怕直接给了我不以为意，便故意藏在抽屉里让我自己去发现，那样我会更高兴，到手后也会更加珍惜。

她实在是儿童心理学的高手。还有几桩小事，想来都颇令人钦佩。幼年的我一旦不肯早睡，她便把我骗进房间，飞快地把客厅墙上的挂钟取下拨快一个钟头，过一会儿再走进房间告诉我过了睡觉时间。我不信，她便让我出去自己看——一看居然已比该睡的时间晚了半个钟头，顿觉已占尽便宜，困意便当真无可遏制地袭来。待我乖乖睡下，她再把时间调回去。

另一个谎言同样收到了奇效。从小到大，每次开家长会，基本都是妈妈去，而无论成绩好坏，回家我都鲜受惩罚。甚至成绩不太好的学期也是如此。实在忍不住问她老师有没有告状，妈妈总说：“没有——啊，某老师好像还夸你聪明。”我无功受禄，简直不能置信，说这科明明考得不好啊。妈妈若无其事道：“人家老师当然分得出谁是真聪明，只是不用功。”惭愧而备受鼓舞（其实只是虚荣）的我下学期分外用功，该科成绩也就真的上去了。也是成年之后的某天，我才突然福至心灵：“初中那个化学老师是不是从来就没夸过我？”妈妈笑道：“你猜。”

然而最好的母女情也必然在时光流逝中经受考验。上了大学之后，我和她的分歧日渐增多，记得大二有一次和她在电话里大吵，挂断后异常难过，立刻坐下写了一封道歉信，并在没来得及反悔前一鼓作气寄了出去。放假回到家里，我无意间拉开她梳妆台的抽屉，突然看到那信封，顿时如遭雷击，满面通红，飞快地合上了抽屉。

今年回家过年，我竟又在自己房间的抽屉里看到了它。这一次我终于鼓足勇气打开了，开头就是：“我预感自己可能永远都不好意思再看这封信。妈妈你不要笑我。但我实在是很爱你，才会和你如此较真儿……”

时隔十几年，我还是脸红得读不下去。

以上是关于妈妈的抽屉的故事。

二

爸爸在我的故事中，向来缺席，上学时甚至还有同学以为我来自单亲家庭。但是爸爸其实一直都在，只是存在感稀薄——我嫌他当了一辈子顽童，从不像“别人家的爸爸”那么懂事。上小学三年级前我还肯和他一起玩，到三年级后老师开始布置作文，我一动笔他就在一旁跃跃欲试：“要不要我帮你写，写完带你去玩？”

我白了他一眼：“你上次帮我写的那篇，老师说是我所有作文里写得最差的一篇。”

每次我自己写的都是全班的范文，必被当众读之。我每次都得意得要死，又假装鸵鸟羞愧得把头藏进课桌抽屉里，其实虚荣心早已爆棚。大概也就是从这时候起，我惊觉自己已长大，而爸爸并没有，此后只好和他分道扬镳。

爸爸和外婆这两个斗了一辈子嘴的对头，现在有时会平静地并排坐在沙发上看电视。外婆再也不说他了。妈妈和我看到，总是会含笑对视一眼，什么话都不说。

爸爸同样也有关于抽屉的故事。

故事同样要追溯到小学高年级，我和他已经快不做朋友了的年代——有一次学校布置课外作业，要求每个人做一个手工模型，并参加全校比赛。众所周知，本人动手能力极差，因此只得放下身段重新向旧玩伴求助。“老顽童”不计前嫌，一口应允。那晚我被早早打发上床，却一直睡不着，我发现他书房的灯一直亮到半夜。

我明明告诉他随便做个什么只要能交差就行的。

不料到了第二天早上，他给我变出了一个奇迹：49 个火柴盒粘在一起做成的抽屉柜！整体刷上了漂亮的红橡木色，每个火柴盒上还贴了一个用金色香烟纸箔做成的拉手！它就那样端正堂皇地立在桌子上，就像真正的抽屉柜，或者一个梦境。现在想来，大概最像的，还是一个迷你中药柜——这大概就是我一直迷恋药柜的起因。

我在那里呆立许久，脱口而出的却是怪他花这么多时间和精力，做了一个不能再拿回来的东西。

最后得没得奖，我早已不记得了，能确定的是，抽屉柜最终果然没有回到我手中。而我至今仍然不知，爸爸是如何在一夜之间，找到了 49 个空火柴盒和红橡木色的木器漆。

长大后，我偶尔还会梦见那个柜子。在梦里，我又变成了那个八九岁且心高气傲的小女孩，皱着眉看着抽屉柜，陷入交与不交的两难之中。

说起来，我和爸爸不再一起游戏也已经二十几年了。去年他来北京看我，我毫不犹豫地把他带到了中国科技馆。

老顽童果然在里面兴高采烈地玩了一整天，连吃饭都舍不得离馆，就在馆内买了个盒饭凑合。回家后还和我显摆，那里面除他之外，其他成年人就只有带学生来参观的小学女老师们。他带那些小孩尽情体验各种项目，自己也趁机坐了无数次模拟火箭、航天飞船和汽车……还说那些漂亮的女老师都喜欢他。“我帮她们省了多少心！”而他最高兴的，则是可以趁机捏那些小孩子肥嘟嘟的脸，“随便捏，他们都无所谓！”这自然也是恶趣味之一。然而这次我笑嘻嘻地听他说完，没有抢白，没有嘲讽，也没有不耐烦。

童年的遗憾之一，大概就是把那个用火柴盒做成的柜子听话地交给了学校。如果再给我一次机会重新选择，一切真的会不同吗？

那样，我希望和爸爸的关系比现在更好一点，当玩伴的时间也更久一点。

至少，不必那么着急地长成一个正确而无趣的大人。

靠自己

朱　迅

妈妈是老师，我从小就吃她学生的醋，总觉着天天补课不着家的妈妈爱她的学生多过爱我。长大后，我吃爸爸的醋，妈妈为了陪驻外工作的爸爸，离开了刚上中学的我。成年后，我吃姐姐的醋，我放弃在海外的一切回国并为北京的家穷尽心力时，妈妈大多数时候陪姐姐住在国外。

现在妈妈吃我婆婆的醋。10 多年来我与婆婆同住，看我身子弱，婆婆对我的爱甚至超过了对自己儿子的爱。妈妈心存感激，但心里酸溜溜的。

2017 年冬，妈妈回国办事，住在北京家中。我出门，妈妈站在门口问："干吗去？"

"上班呀！今天录《星光大道》。"

"你能带我去上班吗？"妈妈怯怯地说。

"我要工作十几小时，您跟着太累了。"我一边穿鞋，一边哄她，"我尽快回来啊……"

与她的目光相碰，我的心突然被拧了一下，生疼！那眼神是小女孩般乞求的眼神，这一幕正如我儿时拉着她的衣角求她带着我上班的情景，她常会哄我：“我尽快回来啊……”然后她给学生补课至深夜，我在等待中入眠。

“你能带我去上班吗？”妈妈的声音更小了，扭着身子，像3岁时的我。

我的心瞬间软成一团棉花糖，她是我的女神，更是我的宝贝。

“您只能坐在观众席上，要乖乖的。”

“我保证乖乖的，使劲鼓掌！”80岁的妈妈笑成了一朵花。

妈妈并不乖。在录制过程中，选手的母亲介绍育女心得，小尼眼尖，看见妈妈坐在观众席，便介绍：“这是朱迅的妈妈。”谁料妈妈竟大步流星地登上台，说：“我对朱迅就说3个字——靠自己！”

第二天，我送妈妈到机场。分开的那一刻，我抱住她。妈妈的头靠在我的肩膀上，发白的发丝柔柔地滑过我的唇。松手，她走进长长的队列里，我站在原地，看着她的白发一点一点地向前挪。“哎哟！”后面的手推车撞了她的小腿，她的膝盖瞬间弯了，痛得叫出声来，又迅速挺直膝盖。她没有回头看，手在腰包里不停地翻着，然后掏出一本护照给安检人员看，那个人一摆手，妈妈就闪进一扇门，不见了。

我还在等，等着她消失前的回头一瞥或隔空一吻。但没有，什么都没有，一次都没有。记忆中总是我送她，在中学时送她出国，在大学时送她回国，我回国后再一次送她出国。每次我都在等她回头看我。想必她是害怕的，怕回过头就有了胆怯、有了不舍、有了依赖，不能再靠自己往前迈步了。

她用背影告诉我：“靠自己。”我用目光护送她：“有我在。”人有善愿，天必从之。

炊烟里的父爱

尤　今

鲍鱼和咸鱼

对于食物，父亲有着一种与生俱来的、从骨髓里透出来的款款深情。

他爱吃，也爱煮。

曾经，我们有过家徒四壁的日子。捉襟见肘的生活，贫瘠一如缺水的沙漠，可是，我们餐桌上的食物却还是油光闪闪的。

星期日，未等阳光大张声势，父亲便会在温柔的晨曦里，拎着菜篮去菜市场。囊中羞涩，不能买大鱼大肉、大蟹大虾，他的脑筋便拐个小弯子，买肥肉、买小鱼、买瓜果、买蔬菜。

回家后，父亲把那一大块宛如白玉的肥肉切成细细的小块，然后起锅，锅热了，便把那堆亮澄澄的肥肉一股脑儿地倒进去。

我站在炉子旁边，饶有兴味地看。

肥肉受热，“滋滋滋、滋滋滋”地发出痛苦的叫声，慢慢地熔了，熔化成一锅金黄色的油，熔不了的，就变成了香香脆脆的猪油渣。这时，整间小小的简陋的厨房都氤氲着猪油那绵密、浓郁的香气。父亲手脚麻利地把猪油渣捞出来，然后把猪油慢慢地倒进陶钵里。我睁大眼睛看着，觉得那像是一道金色的瀑布。接着，他用筷子夹起一颗猪油渣，往我嘴里送。猪油渣在口腔里金碎玉裂，鲜香的味儿在舌面上活蹦乱跳，形成了一生悠长的回味。

接着，父亲用盐把小鱼腌了，放进猪油里炸，那香味就像爆竹，噼噼啪啪地四处飞溅。我想，就算是患了厌食症的人，味蕾在这一刻也会起死回生吧！

在晚餐桌上，父亲面前就端端正正地放着那个陶钵，他在每个孩子的饭碗里浇上一大匙子猪油，再洒上一圈酱油，仔细地拌均匀，让我们配着炸得酥脆的小鱼和烫得碧绿的菜心，大快朵颐。这样的饭菜，简朴得近乎寒酸，但是，在我们的记忆里，它却绽放出艳艳的花朵。那种被香味紧紧拥抱着的印象实在太深刻了，直到今天，我们兄弟姐妹四人一看到猪油渣，双眸依然会大放异彩，而一闻到猪油的香味儿，也还是会心驰神往的。

父亲让我们知道，纵是活在贫穷的夹缝里，我们还是能够以丰腴的猪油来安慰饥饿的肠胃，我们也依然能够以亮亮的油光把餐桌的气氛点缀得花团锦簇。

很长的一段时间里，父亲在人生路上走得很不顺畅，极早出，极晚归，回来时早已过了用餐的时间。母亲把他的餐食留在一只大碗里——白米饭被压得密密实实，上面有卤蛋、咸鱼和青菜。有时，上面放的是煎午餐肉配蛋花；或者，几大匙香菇肉酱（罐头）配长豆。母亲把饭菜热了，在荧荧的灯火下，看着他吃。不管母亲给他准备什么，他都吃得津津有味，脸上浮着的，是感恩惜福的恬然。纵是淡淡的白米饭，父亲也能尝到饭里沁出的甜味。随遇而安的心态，使一切落入他口中的食物都变得很可口。把碗里的每一粒饭扒得精光，父亲很满足地长吁一口气，似乎重新获得了奋斗的精力和信心。父亲认为，就算日子过得再困窘，胃囊是不可以被亏待的。当鱼翅、鲍鱼伸手难及的时候，青菜、豆腐也别有一番滋味。味蕾，应该具有能伸能缩的耐力。

在父亲的熏陶下，年纪很小的时候，我们便已经知道，甜有甜的大魅力，淡也有淡的吸引力。鲍鱼固然美味，咸鱼也不赖；燕窝固然细腻可口，锅巴也别有风味呀！

分享的滋味

父亲工作稳定后，日子像渗入了糖液，越过越甜。

我们一次又一次搬家，愈来愈宽敞的厨房，变成父亲大显身手的乐园。

父亲很胖，但是，一进厨房，他身手之敏捷，让世间所有的胖子看了，都只能暗叫一声“佩服”，就算是瘦子也会自叹弗如。

厨房里有一口大黑锅，沉甸甸的，可是胖胖的父亲单凭一只手，便轻轻松松地将它拎了起来，让它稳稳地坐在炉子上。靠着这口大黑锅，父亲在闲暇时为一家大小煮出了不计其数的美味佳肴。

他炒饭，能让裹着蛋液的饭粒在锅里尽情地飞舞；他炒菜，双手转如飞轮，蔬菜在锅里还来不及喘息，便被他铲起置于盘中，那颜色啊，碧绿得如同春天的树叶；他炒牛肉，更显功夫，只听得“哧哧”

连声，酒香与肉香并肩齐飞，晶莹的洋葱和柔嫩的牛肉不旋踵便缠绵缱绻地相拥于盘中了；至于他做的干煎大虾嘛，红彤彤、亮闪闪，多一分嫌老，少一分不熟，那种恰到好处的鲜嫩爽滑，是味道的极致。

父亲也常常做一些需要极大耐性的菜肴，诸如梅菜扣肉、焖牛腩、冬菇凤爪、东坡肉、豆豉排骨、罗汉斋，等等。每当菜和肉在锅里慢慢熬煮的时候，他便手执一本书，坐在靠近厨房门口的安乐椅里，一边舒心惬意地读，一边密切地监督他的菜和肉，他是绝对不允许自己把菜煮煳的。菜和肉在他周全而又尽心的照料下，总知恩图报地呈现出最佳的光彩。

在屋子里安静地做着功课的我们，浸在无孔不入、无所不在的香气里，幸福的感觉特别强烈。是父亲和母亲用食物的香气把屋子转化为温馨的家园。

有些人，在厨房经过一整天的辛劳，胃口会大受影响，会说："太累了，吃不下。"可父亲不同，他吃得比谁都多，他吃东西时那种全心全意享受着的样子，食物若有知觉，也会觉得他的胃囊是它们这一生所能追求的最好、最圆满的"归宿"。

父亲宠味蕾，是不遗余力的。

然而，最让我感动的是，他不但宠自家人的味蕾，也宠他人的味蕾。

有很长一段时期，每逢星期天，伯伯伯母、叔叔婶婶、堂兄堂弟、堂姐堂妹，都会聚集在我们家，共享晚餐。

主炊的，便是父亲和母亲。

我清楚地记得，父母从菜市场回来时，他们的左手臂和右手臂，还有左手和右手，都层层叠叠地挂着鸡鸭鱼肉和瓜果蔬菜。

之后，两人就像两架风车一样，转呀转的，在厨房里不休不歇地忙着。父亲主炊时，充分地展露了他做事富于条理的性格。蒸炸煮炒烩焖烘，各就各位。气定神闲的他，总是先把汤熬了，在汤咕嘟咕嘟地喋喋不休时，才不慌不忙地切肉、洗菜、剖鱼、剥虾；之后，有条不紊地焖肉、炸鱼、煎虾、炒菜。母亲充当他的助手，两人合作得天衣无缝。

当暮色蓬蓬松松地肥胖起来时，亲友也陆陆续续地到了。

这时，一切菜肴都已准备就绪。分设几桌，丰盛的菜肴摆满桌面，笑声像长了翅膀的鸟儿，在膨胀着香气的空间里飞来飞去。

过了许多年后回想，当年家里没有请用人，单凭父亲、母亲的两双手，在短短一日内，怎么能够弄出大大小小几十个人吃的菜肴呢？他们请客，不是偶尔的一次两次，而是周周如此，乐此不疲。

答案其实就只有简简单单的一个，那就是：分享的意愿。

父亲喜欢和至亲的手足们分享人生一切美好的滋味。

坦白说，我实在没有父母当年在家开数桌宴席的能耐，可是，我在结婚后也常常烹制各式各样的点心与朋友们分享，每当看到朋友津津有味地品尝美食的笑脸，便有大朵笑花从我心里茂盛地绽放出来。这种“分享就是快乐”的心态，其实就源自父亲当年潜移默化的影响。

炊烟里的哲学

在烹饪这一码事上，有些细节，父母是很坚持的。父亲认为食物和人一样，有自己独特的个性，我们必须顺其性子而行，才能做出最佳的滋味。

比如说，处理辣椒和蒜头，他们不喜欢用搅拌机代劳。辣椒，必须用传统的杵臼，一下一下用力地舂；蒜头，必须用大大的菜刀，一下一下重重地剁。父亲说，辣椒和蒜头，都不能舂得、剁得太大或太细，必须粗中有细、细中有粗，咀嚼时，尝到一些小小的颗粒，辣味和辛味才能像涟漪一样，一圈圈地在舌面上荡开；如果使用搅拌机的话，电源一接，哗啦哗啦一阵响，辣椒和蒜头，都成了一堆面目模糊的"泥浆"，用这些"泥浆"去烹饪，味道平平，无法造就那种"扬起千堆雪"的层次感。

父亲说："每种瓜果蔬菜，都有自己独特的生命，我们要让味蕾切实地感受到生命强韧的味道。"

成长后，我才发现，在父亲的炊烟哲学里，其实蕴藏着许多教育孩子的道理。

每年的大年初一，父亲总在阳光还没有泼到床上便早早地起身了，为全家大小烹煮罗汉斋。白菜、发菜、腐竹、面筋、冬菇、竹笋、黑木耳、胡萝卜、白果等，一股脑儿放在大锅里熬煮，腐乳浓郁的香气像霏霏细雨密密麻麻地落满一屋，饥饿的空气里孕育着一股等待的感觉。

中午，煮好了，所有的孩子端坐桌前，每人一大碗罗汉斋。在袅袅的香气里，父亲要我们每个人说出新年的愿望。

小孩子嘛，无非就是说说希望学业进步或是要听父母的话这一类讨喜的话。可是，父亲不要这些陈谷子烂芝麻，也不要不切实际的空中楼阁，他要我们切切实实地想，旧的一年我们的大毛病是什么，新的一年要朝什么方向努力。

孩子经过一番努力思索之后，总能说出一些比较具体也比较诚恳的话。比如，我就曾经这么说过："以后，爸爸妈妈骂我的时候，我必须在开口之前，先想想我的过错是什么，再想想怎样去纠正。不经思考便胡乱顶嘴，是没有礼貌的，也是不对的。”（“顶嘴王”是我童年的绰号，我不分青红皂白地顶嘴时，反应之快，无人能及；而顶嘴时所用的词汇，也犀利得像刀、像剑。坦白地说，这样的行为，无异于火上浇油，常常把原本已经生气的父母惹得跳脚。）

这时，父亲听了我的“忏悔录”，频频颔首，微笑应道：“自己说过的话，一定要记得啊！”这些话，就像是“紧箍咒”一样，在接下来的日子里，严格地管束着我，每每我要张口顶撞时，这个“紧箍咒”便会适时地跳出来，封住我的嘴。起初当然是不习惯的，就像有人刻意在我张口时用毛巾捂住我的嘴巴，有一种难以透气的感觉。可是，渐渐地，这便成了我的一种“自我反省”的方式，而这样的一种方式，能够帮助我更好地认识自己、了解自己，然后，铸造一个新的自己。

父亲在大年初一让我们吃斋并畅述新年感想，应该是含有“心斋口斋、心诚意诚”的意思在里头吧。

父亲没有一副唱歌的好嗓子。但是，一进厨房，残缺不全的音符便会跌跌撞撞地从他的喉咙里蹦出来，它们无比快活地跳进锅内、跑入汤里、落在盘子中，叮叮咚咚，铮铮。这些音符，活泼地穿梭在沾满了油的烟气里，像吸尘器一样把厨房的许多杂音都吸掉了。肉啊、菜啊、海鲜啊，里面掺和了快乐的音符，因而也变得神采飞扬，散发出熠熠的光彩。

混沌初开之际，我便已经明白，烹饪是一桩舒心惬意的事儿。

父亲把食物的香气注入我们生活的同时，也把快乐的元素掺杂在内，镶嵌在我们长长的一生里。

别拿后妈不当妈

陌上花开

她第一次对我“施暴”时，来我家还不到半个月。

那半个月，其实我已经在背后开始了和她的较量。比如，前一晚临睡前我会偷偷在她的杯子里撒上一层盐，她第二天早上喝水时，就会被咸到；我会用小锯子把她一只鞋的鞋跟锯短一点点，她穿上一迈步，就是一个踉跄……

对我的这些恶作剧，她都保持了沉默。这让我产生了错觉：第一，她好欺负；第二，作为一个后妈，她不敢对我怎样，怕别人说她，因为她嫁给了我爸，有一院子的人在看着她呢！

那天晚上，我带领院子里的几个捣蛋鬼把王奶奶家乘凉的棚子点着了，还围着火堆欢呼雀跃……她和大家一起把火扑灭后，立即冲过来一把将我拽回家，关上门，二话没说抓起鸡毛掸子就打。

刚开始我还试图反抗，因为她看上去瘦瘦小小，而我作为一个12岁的男子汉，已经跟她差不多高了，也自认为比她有力量。但我没想到，她瘦小的身体里竟然蕴藏着那么大的力量，我刚做出反抗的举动，她便一把将我摁倒在沙发上，噼里啪啦就打了下来，我竟然丝毫动弹不得。她一边打一边吼："我今天就让你知道，后妈也是妈，也能管你、打你、教训你！"

我也冲着她吼："后妈打人了，救命啊……"

结果，我喊破了喉咙也没人来拉架。其实我模糊看到门外晃动着一排脑袋，可他们都是来看热闹的，看我这个院里有名的"惹祸精"，如何被后妈教训。

后来，我识趣地不喊了，她才住了手，而我也已经被打惨了。她把鸡毛掸子丢到一边，指着我说："以后再敢胡作非为，犯一次打一次，不信你就试试！"

我忍着剧痛，强忍着眼泪，回头瞪了她一眼。

她不屑地说："你还别不服，有本事你去告状，我也正好想找人说道说道，像你这样的'熊孩子'到底该不该打！"

"哇"的一声，我哭了。因为疼，也因为我终于意识到，她的话是真的。如果我爸知道我放火，肯定不会轻饶了我。奶奶虽然偏袒我，但也说过不许我惹是生非……唉，看来在短时间内，报仇肯定是无望了。

那天晚上，我是趴着睡的。因为是暑假，第二天早上她没有喊我起床，等我醒来时已经 10 点多了。

屁股很疼，肚子很饿，我四下看看，她不在家，但厨房里飘着红烧肉的香味。抗拒了 3 分钟后，我向红烧肉投降了。

和她的第一次正面战争，以我的全盘告负而结束。过了好些天，我屁股上的印痕都还在，我没敢再搞恶作剧。我听了伙伴们的忠告：惹不起，躲得起。

她当然知道我在躲她，只要我爸不在家，吃饭的时候，我就把饭菜盛到碗中，端进卧室去吃。她却好像压根儿不在意我的躲避，只要我不主动说话，她便也不说。

她的厨艺非常好，擅长做各种荤菜，尤其是我最爱吃的红烧肉、红烧排骨、红烧鱼……她连豆腐都能做出诱人的香味来，这常常令我有些英雄气短。所以，我躲避她的行为就没那么理直气壮了，反而有点低眉顺眼的感觉，这让我十分懊恼。

她最让我佩服的是，不管我和她之间发生怎样的矛盾，只要我不告状，她便什么也不说。就像那次放火挨打事件，事发一周后我爸回来了，我装作什么事都没发生过，而她也没告诉我爸赔了王奶奶家3000块钱的事。她的保密让我省了一顿打。

这些秘密让我和她的关系变得有些微妙。至少在老爸看来，我和她相处融洽，相安无事。但我和她都知道，真相并非如此。可是真相是什么呢？我也开始有些搞不明白了。抵触是有的，怕也是有的，恨呢？说不上来。毕竟每天吃着她做的饭菜，我两年间长高了28厘米，体重增加了15千克。另外，她来之后，家的确像个家了，井井有条、干净整洁，而我再也没穿过脏衣服，白衬衫永远洁白，牛仔裤永远干净，运动鞋永远是我喜欢的牌子。

挨打的暑假过后，我上了中学，开始早出晚归。我和她进入了一种平和而疏离的状态。本以为要钱的事会让我不得不向她开口，但她总会提前把钱准备好放在桌子上。看样子，她比我还懒得开口，这倒很合我的心意。

中学功课日益紧张，后来我连电视都没时间看了，她好像也不看。晚上我做作业时，家里静得像没有人一样。有一天晚上，我做题做到深夜，感觉有点儿饿，打算去厨房找点儿吃的。推开门的一瞬间，我被吓了一跳。客厅里没开灯，电视机却亮着，无声无息，她坐在电视机一米开外的小凳子上，看字幕。听到我开门，她忽然回头，好像也被吓着了。我有些尴尬，张了张口不知该说什么。倒是她迅速恢复淡定，平静地说："看你开着灯，知道你没睡，这么晚了，是不是饿了？厨房里有煲仔饭。"我应了一声，从她身边走过去。不知怎么的，那一刻我的双腿有些沉重，心也有些酸软。

从那之后，我发现不管我复习功课到多晚，她都会做好一份可口的夜宵等着我，但从不喊我，只等我饿了自己去找着吃。终于，有一天晚上，吃完虾仁鸡蛋羹后，我对她说："谢谢您！"

她淡淡地看了我一眼，说："有什么好谢的，后妈也是妈，亲妈能做的，后妈也能做。"

我忽然就忍不住湿了眼眶。我背过身去，说："您把电视机的声音调大一点再看吧，影响不到我。"

她好像应了一声，我没听清，但之后她依旧看着无声的电视，直到两个月后，我参加完高考。

高考成绩好得出乎我爸的意料，他坚决要为我举办盛大的升学宴，七大姑八大姨也都为此兴奋，热情参与。

那顿饭，78 岁的奶奶也来了，和她挨着坐。奶奶说："小宽能有今天的出息，多亏了你。"

她笑笑，不承认，也不否认，七大姑八大姨也都开始夸赞她，她终于有点儿招架不住了。我起身，几乎不假思索地替她解围："你们怎么都那么客气啊，别拿后妈不当妈，好吧？"所有人顿时大笑起来，只有她，愣在那里，第一次失去了我熟悉的淡定。她呆呆地看着我，看了好久，终于一眨眼，眼泪簌簌而落。

我忙低下头去。没有人知道，说完那句话，我和她一样也有些震惊。整整6年，我从来没有叫过她一声“妈”，我们之间的对话少得可以忽略不计。可是时光能记住一切，记住她来到我身边的每一天，记住她对我所有的付出，包括那顿令我想起来就不寒而栗的暴打。我后来才意识到，不是每个后妈都有勇气举起鸡毛掸子的。

她没有拿我当外人，从来都没有。我终于在时光里读懂了她。

那个永远在等我回家的人

李　菁

清晨，我像往常一样翻开日记本，准备写下昨日去台北火车站接友人一事。写着写着，我忽然想起了父亲，想起不管自己在怎样的年岁，处于怎样的人生状态，他都会在路口等着接我回家。想到那些温馨的画面，我的眼泪便再也止不住了。

小学六年级的时候，为了让我们有更多的时间准备升学考试，学校安排了晚自习。也是从那时候开始，父亲每天晚上就在街角的那个路口等着接我回家。

我的家在小镇僻静的一隅，房屋附近都是水田、草坪、菜地，拐过街角，还要走一段小路。路边有坟地，晚上走这一段路，没有路灯，只能借着路边人家屋里透出的光。夏天，路边草丛里还会有小青蛇急速地滑过。这一带附近还有一所中学，夜色沉下来后，一些不学无术的学生会在路上聚集，他们抽烟、喝酒，斗殴也是常有的事情。这一段路，对一个小女孩来说，充满了恐惧与担忧，可是只要父亲在，有一个如大山一样的亲人守护在我身边，我就会感到很安心。

父亲握着手电筒，橘色的光束照着我们脚下的路。那时候的我，两只小手要一直挽着父亲的胳膊，然后向他说着学校里发生的趣事，他总被逗得哈哈大笑。黑夜中的这条小路因为父亲的守护而变得不再令人恐惧，处处充满温馨的回忆。从我六年级开始，父亲每天晚上在那个路口等着接我回家，日复一日，年复一年，不管是酷暑还是寒冬，从未间断。

照亮回家的路途

初三那年，正值我的青春叛逆期，我成了小时候自己最惧怕的那种学生。

英语课上我总是望着窗外发呆，生物课上就埋头写字。同桌生病请假，我把她的凳子和自己的凳子拼起来，上数学课时就躺在上面睡觉，摆在课桌上的数学试卷，分数永远只有个位数。那个时候的我既自卑又叛逆，逃课、上网、抽烟、打架、拉帮结派，给班主任打骚扰电话，把老师自行车车胎的气放掉，做着叛逆期很多人都会做却又让人深恶痛绝的事。我还清晰地记得，有一次班主任被我惹急了，于是将我的桌椅搬到了他的办公室，意思是不让我读书了。那天我一个人躺在升旗台下面的草丛里，想着自己黯淡的未来哭出了声。

我在想，其实我并不坏，我会在数学老师生病的时候，在作业本里夹一张祝他早日康复的纸条；我会趁班主任上课时，把他凌乱的桌面收拾得整整齐齐；我会在全年级的模拟考试中，语文考第一名；我会写很长又很动人的情诗。可是，这些都无法填补青春年少里的那些黑洞。

记得那一年家长会，父亲坐在教室的最后一排，班主任公开批评了我。我在教室外面的角落里偷偷地望着父亲，他一脸的失望与痛心，让我止不住地颤抖。

但父亲并没有因为我的斑斑劣迹而恼羞成怒，每天晚上的9点，他依然会站在那个熟悉的路口，不断地朝我会出现的方向张望，没有半点怨言。走在那条熟悉的路上，我不再像以前那样挽着他的手臂，总觉得我们之间有了莫大的鸿沟。父亲有时沉默，有时说许多大道理规劝我走上正道。我总是把下巴埋在衣领中，久久不愿说话。

我知道我的心其实是向善、向阳的，只是我把自己搁置在黑暗里太久了，不知道怎么走出来。而父亲那盏照亮我回家路的灯一直都在，时刻照着我、温暖着我，让我在绝望中依旧渴望找到人生中的一线希望。

为了女儿，我愿意

高一那年，我开始作为一名美术特长生去学画画。老师说，只要我努力把美术学好，以后就可以考上一所好大学。

人生中第一次，我知道用“拼命”二字来实现心中的梦想。

我成了画室里最努力的学生，每天都会比别人付出更多的时间与精力。高中那三年，我的生活中有两个字——画画。别的学生有周末、有午休、有节假日，而我所有的时间都只用来做这件事。因为我知道，我的未来或许会因自己的这份拼命而有所改变。

高三联考前，晚自习之后我还会去画室继续画画，一直画到午夜。父亲支持我的梦想，他每晚都会骑着那辆老旧的自行车来学校接我回家。每次从画室走出来时我都疲惫不堪，但是只要见到这个最熟悉的亲人，我的心里就有了满满的动力与希望。我能感觉到那时候的父亲心中充满了欣慰，而且欣慰中带着心疼。

某个寒冷的冬夜，雨下得很大，父亲依然准时骑自行车来接我。因为风雨的阻挡，他骑得很慢、很费力。我躲在他的后面，脸靠着他的后背，觉得再大的风雨，只要有父亲在，我都不害怕。下了自行车我才发现，父亲的衣服都湿透了，我心疼地问他："爸，冷吗？"他毫不犹豫地回答："不冷，为了女儿我什么都愿意。"这样一句话，让我每每想起都会落下眼泪。

从小学六年级到高三毕业，整整7年的时间，父亲风雨无阻地来接我回家。有时候我因为一些事情耽误了回家的时间，他便在路口默默地等上好久，心里满是焦灼。可当我出现在他面前时，他连一句责备的话都没有。冬天的时候，他会穿着带有补丁的棉大衣，戴着过时的棉帽，双手笼在厚厚的衣袖里，眼睛望着我会出现的方向。我初中的时候不太懂事，有时还会觉得父亲穿得太寒碜，不想让我的同学见到他。后来我懂事了，便觉得那是自己一生中最无价的珍宝，是多少钱、多少华服都换不来的幸福。

有时我会想，7年的等候，他是否也曾因为酷暑而觉得难耐？他是否也曾因为风雪交加而全身发抖？他是否也曾因为等不到女儿而望眼欲穿？他是否也曾因为身体的不适而躲在角落里咳嗽？

这些他怎会没有经历过？可他是一个女儿的父亲，所以他永远保持着有如大山的形象，守护着我一路成长，守护着我一次次穿过风雨，走向那个温馨的家。

永远的心肝宝贝

18岁那年，我如愿考上了四川的一所大学。我是那个普通班里唯一考上二本院校的应届生。这是我人生中一个很重要的转折点，我知道这是我用勤奋换来的。我原本平庸的生命从此焕发出了新的活力。

大学那4年，我参加了各种比赛、活动、竞选，彻底从一只毛毛虫蜕变成快乐的蝴蝶。画画时所培养起来的勤奋特质，帮助我收获了很多的荣誉与掌声。我与父亲保持着书信来往，他会在信中写下许多人生哲思，为我指引前进的方向；他亦会在信中关心我的饮食、睡眠以及身体状况。每次收到父亲的信，我的心里都会升腾起一股温暖坚定的力量。

读大学后，只有寒暑假才能回家陪伴父母。每次从四川回湖南，都要搭乘火车，到吉首市后再转乘汽车回家。父亲每次都会来小镇的汽车站接我。每当汽车快要驶进车站时，我都能透过车窗看见那个站在不远处的熟悉身影。他依然推着那辆老旧的自行车，把笨重的行李箱放在后座上，我们并排走回家。到家后，他总会做红烧鱼给我接风洗尘。他知道，这是我最爱吃的一道菜。

后来，我去了西安一所重点大学读研，又到台湾的一所大学研修，如风筝一样，离家越来越远。可是不管我从哪儿回来，父亲都会等着我，期待着在外辛苦求学的女儿回来感受家的温暖。

直到有一次父亲来车站接我时，我突然诧异地发现，他有了白发，脸上布满沧桑，背也不像以前那样挺拔了，父亲已经老了。我的